Christoph Geiser
Das Gefängnis der Wünsche

Roman
Nagel & Kimche

Der Autor dankt der Schweizer Kulturstiftung Pro Helvetia, Stadt und Kanton Bern sowie der Stiftung Landis & Gyr, Zug, für die großzügige Förderung seiner Arbeit.

3. Auflage 1992

© 1992 Verlag Nagel & Kimche AG, Zürich/Frauenfeld
Umschlag von Urs Stuber
Alle Rechte der Verbreitung, auch durch Film, Funk
und Fernsehen, fotomechanische Wiedergabe, Tonträger
jeder Art und auszugsweisen Nachdruck,
sind vorbehalten
ISBN 3-312-00181-1

Voilà l'art: il consiste à faire mourir, le plus longtemps possible, un peu tous les jours.

(Sade)

Laßt ihn schlafen! Schlafen wolltest du, vergessen; ausgelöscht aus dem Gedächtnis, der Natur zurückgegeben, im Dickicht unter Eichen.

Das erste Unterholz gleich rechterhand sollte es sein, und Eicheln ausgesät, damit das Gehölz zuwüchse, verheile, ohne Narben. Kein Grabstein, kein Name, keine Blumen; nur Gestrüpp. Überreste, die verwesen; Dünger. Die alten Eichen stürben, und aus den Eicheln wüchsen neue Eichen, und du schläfst im Eichelregen, der raschelnd durch die Blätter fällt –

So laßt ihn schlafen! Friedlich, ungeboren. Verantwortlich für nichts, zu keiner Zeit. Kein Bewußtsein ängstigt dich.

Warum wecken?

Du brauchst niemanden mehr. Es braucht dich niemand. Du hast nichts Nützliches zu tun. Nichts! – die Unendlichkeit vor dir. Der Tag ist lang. Was wollen sie von dir?

Warum denn quälen?

Kaum bist du eingeschlafen, geht das Licht an, grell: Aufstehn! Bett hochklappen! Und da steht ein Schemel ohne Lehne. Und du hättest nichts zum Lesen. Im Kreis gehn. Sobald du dich am Boden ausstreckst, auf dem nackten Betonboden: Aufstehn! Hinsetzen! Auf den Schemel ohne Lehne. Denn sie sehen alles – selber unsichtbar. Kein Fenster geht nach draußen. Grelles Licht den ganzen Tag. Tag oder Nacht? Dein Schlaf wird dünn. Du hörst im Traum die Stimmen hämmern: Aufstehn! Bett hochklappen! Hinsetzen! – Nichts zum Schreiben. Nur Gedanken. Ihre Stimmen.

Was hast du getan?

Immer wieder. Immer gleich.

Hast du geschrien?

Schreit wer in der Nachbarzelle – und sie machten es absichtlich –

Mit wem? Und wie?

Die Erinnerung entgleitet dir.

Die fremde Stimme hallt in deinem Kopf –

Was hast du gesagt? geträumt?

Du frierst, du schwitzt. Kalt oder heiß? Du kannst deinen Empfindungen nicht trauen. Deine Gliedmaßen sind dir fremd, wie abgetrennt, die Arme Beine wachsen –

Ungeheuer!

Du schwankst. Oder schwankt der Raum, wenn du im Kreis gehst? Ein Erdbeben – du hier eingeschlossen. Es holt dich keiner raus. Dich? Zuallerletzt. Du bist der Letzte!

Du ziehst den Blitz an.

Ein Stromschlag – auf den Stuhl geschnallt.

Du siehst, im grellen Licht, nur schwarze

Punkte, Fliegen, mouches, Silhouetten, Spitzel –
Stehen sie schon wieder da?
Wer?
Wo?
Schatten unter der Augenbinde.
Du schlägst um dich.
Amokläufer!
Sie tun dir nichts... sie fassen dich nicht an... und du...
Du brichst zusammen. Endlich. Du drehst durch. Schlägst dir den Schädel blutig an der Mauer. Rennst dir die Stirn ein an der Wand. Du rennst mit dem Kopf gegen die Mauer, bis er explodiert – und du es nicht mehr spürst. Nichts mehr. Endlich.
Dann pflegen sie dich, kunstgerecht. Sie nähen deine Platzwunden, sie flicken deine Knochenbrüche, sie hüllen dein Gehirn in weiche Tücher. Sie bandagieren deine Pulsadern. Sie pumpen dir den Magen aus. Sie spülen deine Nieren...
Dann fängt das Warten wieder an. Sie können warten. Sie fragen geduldig. Schonend. Sie bieten dir Antworten an, Lösungen. Du kannst es überdenken. Sie haben Zeit.
Sie warten.
Sie bekommen, was sie von dir wollen.
Doch sie wollen nichts von dir! Noch nicht. Sie wissen alles, alles besser. Kein Geständnis! Nein, nur das nicht! Sie hüten sich, dich zu

verhören. Du hast zuviel gestanden. Viel zuviel geredet, dich herausgeredet, dich hineingeredet, als dürfe nichts verschwiegen, im Verborgenen sein. Sie wissen doch! – Und wollen es nicht hören. Du wolltest alles *sagen*.

Gesagt – getan? Egal. Du sollst jetzt still sein. Schweigen. Aus dem Verkehr gezogen.

Schutzhaft. Zum Schutz der öffentlichen Ordnung, der öffentlichen Sittlichkeit. Zu deinem eignen Schutz. Zum Schutz deiner Familie – für die du da zu sein hast, sagen sie. Wenn du eine Weile brav bist, führen sie dir manchmal deine Frau zu, wie die Kuh dem Stier. Dann könntest du doch wieder schlafen. Solange du nur wolltest. Doch sie wecken dich um sechs Uhr früh, aus purer Dummheit, jeden Morgen. Um nachzuschauen, ob du etwas brauchst, ob du noch da bist, wohl verwahrt? Aus Angst, so früh schon? Wühlen sie in deinen Sachen? Konfiszieren sie deine Papiere? Wozu? Keinen Kassiber kannst du mehr hinausschmuggeln. Totale Briefzensur. Auch deine Frau haben sie unter Kontrolle. Würden sie dich schlafen lassen, wärst du so gut wie tot.

Du bist so gut wie tot.

Totgeschwiegen. Totgeredet.

Kaum haben sie dich aus dem Schlaf geweckt, schon schreist du. Forderst das Recht zu flüstern, wenn sie dich auffordern, laut zu reden – deutlich! – um sechs Uhr früh, weil ihre Hausordnung es vorschreibt. Du störst ihre Hausordnung absichtlich. *Ihre* Ordnung! Du erregst dich. Ein Erguß von Wörtern, im Flüsterton geschrien – ohne Atem, unhörbar: ein Endlosband. Wo hast du es versteckt? Eine schmale Rolle aus Papier, wie Klopapier. Kaum bist du wach, ejakulierst du, im Passé simple und im zweiten Subjonctif. Und genügt dir das Papier nicht, brüllst du in den Nachttopf, auf der Leiter stehend, aus dem Gitterfenster, wie in ein Megaphon, man wolle dich erwürgen, abwürgen –

Rasch, die Spritze!

Du schläfst nicht richtig – nur in einem Dunst, den ganzen Tag im Nebel. Du gehst auf Zehenspitzen, der Fußboden ist brüchig, Glas. Du kannst nicht stillstehen. Du trippelst, an Ort, auf einem Endlosband, die Erregung nur noch in den Knöchelchen der Füße, ängstlich. Die Arme angewinkelt, nah am Körper. Die Hände läßt du hängen, kalt, gefühllos, unbrauchbar. Aus deinem Mundwinkel tropft der Speichel, du spürst es, doch du kannst es nicht verhindern, dein Mund gehorcht dir nicht, deine Zunge gehört nicht dir: geschwollen, schwer. Noch kannst du sprechen, langsam, das Nötigste, Alltägliches, leise und vernünftig. Sie hören dir geduldig zu, verständnisvoll, das Ohr an deinem Mund. Die Gedanken wollen nicht mehr über deine Lippen: die Flut im Kopf ist hinter Mauern eingedämmt; du ahnst sie noch, ein dumpfer Druck. Die Schrift gehorcht dir nicht; unlesbar; Zeichen ohne Sinn. Fliegen, Mücken. Du siehst an deinem Arm den blauen Fleck – von einem Kampf? – du kannst dich nicht erinnern – nur ein Druck. Die Lederriemen, die dein ordentlich gemachtes Bett zuschnallen – als dürfest du dich nicht hineinlegen? Nein. Das wäre unvernünftig. Du weißt, wofür die Riemen da sind. Nur für den Notfall – den ersten Augenblick, bevor die Spritze wirkt. Sie sind vernünftig, menschlich. Keine Zwangsjacken, kein Elektroschock, kein eiskaltes oder dampfend heißes Bad – und nur der Kopf schaut aus der Kiste, der Leib ist eingesargt – nein, längst nicht mehr. Kein Gitter vor dem Fenster. Doch es läßt sich nur einen Spaltbreit öffnen. Da kannst du nicht hinaus – nicht springen, nicht fliegen. Du bist so gut wie tot. Doch bei Bewußtsein – ein Kaltluftsee, der in deinem Kopf liegt, und der Kopf ist kühl. Du dämmerst. Und ohne es zu merken, bist du plötzlich eingeschlafen, weg –

Sie wecken dich. Sie holen dich. Lärm. Schon sind sie da. Angeschlichen haben sie sich, feige, die Schloßmauern überstiegen, um vier Uhr früh. Sie sind im Innenhof. Sie poltern gegen die Tür. Du wolltest dich verstecken – das Versteck? – nicht vorbereitet. Aus der Vorratskammer zerren sie dich. Aus dem Kleiderschrank. Jetzt wirst du lebenslang begraben!

Nein!

Du liegst festgeschnallt auf deinem Bett. Sie rollen dich durch lange Gänge. Du schläfst nicht, bist nicht richtig wach, betäubt – kein Angstbewußtsein, nur der Kaltluftsee im Kopf, ein angenehmer kühler Hauch? Eine kleine Operation. Ein Eingriff? Egal... du wehrst dich nicht... du kannst nicht mehr...

Zertrennen sie die Nervenbahnen? Zerschneiden sie das Weiße im Gehirn? Schon liegst du in Narkose. Sie öffnen dir den Leib; beschauen sich die Eigentümlichkeit der inneren Organe – gierig nach irgendeiner Eigentümlichkeit.

Die Narbe würde nie verheilen... die Eichen wüchsen viel zu langsam... das Dickicht wucherte nicht schnell genug. Sie holen dich heraus. Sie exhumieren dich. Sie trennen dir den Kopf vom Leib, vermessen deinen Schädel – die Schädelwölbung gut entwickelt, keine Ausbuchtungen in der Schläfengegend, das Kleinhirn mäßig – ein maßvoller Schädel, ein interessanter Kopf, so geriet dein Schädel nach Amerika – wie der Schlüssel der Bastille.

Und wo sind deine Knochen?

Du bist nicht ordentlich begraben. Nicht nach deinem Willen. Im letzten Augenblick noch: die Bekehrung. Da atmetest du kaum mehr –
Die Lungen füllen sich mit Wasser. Du er-

stickst. Als säße dir die große schwarze Katze auf der Brust – du kannst sie nicht verscheuchen. Da hockt sie, fett und schwer und starrt dich an. Ein kastrierter Kater. Saß einfach da und brauchte bloß zu warten. Und du erstickst mit jedem Atemzug ein wenig mehr –

Du ertrinkst. Langsam. Ans Bett gefesselt. Und der Wasserspiegel steigt, mit kleinen Wellen, ein Gekräusel. Aus den Augenwinkeln siehst du nur Wände und dieses Kräuseln an der Oberfläche, die langsam steigt – die Tiefe steigt. Der Horizont kippt weg. Der Himmel über deinem Kopf stürzt ein. Das Blau zerreißt.

Kein Morphium, das lindern könnte. Nur Sirup, Kräutertee.

Du röchelst, keuchst. Mit Atmen beschäftigt und sonst nichts.

Der Verrat? Geschenkt!

Ein Widerruf? Keine Luft mehr, um zu streiten. Keine Lust mehr. Kein Wort und keine Sprache.

Ch, ch, ach, ach, jach, jach, ja, ja.

Die schwarze Katze auf der Brust miaut und geht.

Also doch ein Ritus. Eine katholische Trauerfeier. Und am falschen Ort. Nicht im wuchernden Gehölz gleich rechterhand – keine Eichen, sondern Zedern, auf einem ordentlich gepflegten Friedhof. Auf dem Anstaltsfriedhof eines Irrenhauses. Und der wurde bald zu klein. Die Irrenhäuser füllten sich. Du wirst umgebettet.

Hörst du? Schläfst du? Plötzlich dumpfe Stiefeltritte, das leise Scharren, Kratzen, Knirschen von den Schaufeln, Steine poltern, das letzte Holz, das übrig ist, zersplittert – und du kannst nicht mehr erwachen.

Du fällst den Ärzten in die Hand. Die Ärzte wiegen deinen Schädel in der Hand, die Ärzte wägen deinen Schädel, die wollen alles messen, wie du auch – als dürfe nichts unfaßbar sein. Die Ärzte reißen einander deinen Schädel aus der Hand, jeder will mit deinem Schädel an einen anderen Kongreß – dein Schädel geht in dem Gezänk verloren.

Deine Gebeine?

Die sind dir egal: nichts Besseres als Scheiße. Der Ritus? Für die Kinder. Die Gallsche Phrenologie? Vergessen. Das äußere Erscheinungsbild ist viel zu ungenau. Du brauchst den Schädel nicht, um den Charakter zu bestimmen, das Bewußtsein zu vermessen, das Unterbewußte zu analysieren. Ich kann den Totenschädel irgendeines Europiden nehmen, aus dem Völkerkundemuseum klauen ... du liebst doch Völkerkunde! ... dort sind so viele, pietätlos ausgestellt – kein Gruseln mehr, kein Schauer; irgendein Totenschädel, als Theaterrequisit auf meinem Schreibtisch, zwischen verstaubten Büchern, ist dein Schädel. Er grinst auch so ... sadistisch. Blankpoliert. Die Natur ist reinlich. Nichts, was brauchbar ist, bleibt unverwertet.

Deine Eingeweide? Zu Studienzwecken präpariert? Dein Gehirn in Formalin? Dein Schwanz, untersucht auf anatomische Anomalien – ausgestellt als Kuriosität im Medizinhistorischen Museum (Wien, wo sonst) oder als Reliquie von Sotheby versteigert, zu einem sagenhaften Preis, mehr wert als jede Handschrift...

Aber nein. Das haben sie dir doch nicht angetan. Ein natürlicher Tod, die Ursache banal, kurz vor dem letzten Atemzug bekehrt, geölt – den Deckel drauf und zugenagelt.

Sie haben sich an nichts gehalten. Klinikpersonal, ohne romantische Phantasie. Die haben keine achtundvierzig Stunden lang gewartet.

Dein Herz durchbohrt?

Du erwachst. Kein Licht. Keine Stimmen, keine Schritte. Stille. Finsternis. Du tastest – Holz. Du tastest über dir – nur Holz. Du drehst dich um – du kannst kaum – Holz. Du stemmst dich gegen diese Wände, du wirfst dich gegen diese Wände – kein Erdbeben; keine Eruption aus dem Erdinnern – die Erdkruste ist dick geworden, kalt und starr. Du schreist – und keine Luft mehr.

Nein! Du brauchst nicht zu erschrecken.

Eine Kerze flackert sanft in deinen Traum. Nichts Grelles, keine schlimme Enge. Ein achteckiger Raum, fünf Meter Durchmesser, drei Meter hoch, heizbar; ausgestattet mit deinen eigenen Möbeln. Bilder an den Wänden, Landschaften auf Stofftapeten. Das kleine Medaillon deiner Frau über dem Schreibtisch. Bücher, Tinte, Federn. Alles, was du brauchst – für einen langen Aufenthalt. Kein Geschrei. Eine Stimme, die höflich klingt, förmlich und korrekt. Verschlafene Schritte, die ein wenig schlurfen. Kein Schrecken, keine Angst; nur eine Störung, um sechs Uhr früh: lästig, unvernünftig, kränkend.

Ein Herr darf schlafen, solange er will! – Das letzte Privileg – im Turm der Freiheit.

Schlafen? Nein, du schläfst nicht tief, so daß du hättest sterben können, ohne es zu merken. So schlafen Bauern, Landarbeiter, Werktätige, von der Anstrengung des Tagewerks erschöpft. Erschöpft sind höchstens deine Augen. Du arbeitest nur noch mit den Augen, jede Nacht bei viel zu schwachem Licht. Ein unförmiger Leib im Kerzenflackern, der von der unsichtbaren Bewegung der Schreibhand leicht vibriert und das Geschriebene, vornübergebeugt, verbirgt.

Atemlos – und hechelnd – wie ein Hund.

Fett bist du geworden, aufgedunsen. Ein Sack. Du schlingst zuviel in dich hinein: Süßigkeiten, Leckereien, Schleckzeug, das einzige Vergnügen. Sie kochen gut – auf deine Kosten, und hast du nichts mehr, so bezahlt deine Familie, die dich hat einsperren lassen: so soll sie bezahlen! Poulardenbrust mit frischen Trüffeln ... schwarzen Trüffeln, die nach fast nichts schmecken, ein Hauch nur, Waldgeruch, Erdgeruch ... ob du dich erinnerst? Eine schwarze Trüffel, gerieben über Rühreiern, gehackt in frischer Gänseleber, in Wildpasteten, Lachspastetchen, überhaupt Pastetchen ... Die Freiheit: eine schwarze Trüffel! Jetzt!

Ein Gefängnis wie ein Hotel? Keiner, der dich zur Arbeit anhält? Arbeit macht doch frei ...

Nein. Dich will niemand resozialisieren, nicht einmal bestrafen. Nur wegschließen will man dich!

Ein Kind, das zwischen Kerkermauern wächst, wuchert, an sich herumspielt, sich besudelt, sich vollfrißt, alles in sich hineinschlingt, bis es sich erbricht und all das Unverdaute, Halbverdaute ...

Und niemand wischt dir deinen Dreck weg! Und niemand rasiert dir deinen Bart! Niemand getraut sich mehr in deine Nähe!

Bis du erstickst im eignen Dreck.

Dich ekelt!

Du hieltest, sagen sie, ließe man dich einen Augenblick nur an die frische Luft, aufrührerische Reden. Von den Zinnen der Bastille wolltest du die Menge aufwiegeln, arglose Spaziergänger, die stehenbleiben, ein Volksauflauf, weil du so schreist.

Glaubst du, die holen dich heraus? Ausgerechnet dich?

Was sie hören – von oben und von fern – double foutu Dieu! Die Königin ist eine Nutte, der König impotent, der Polizeiminister ist ein Parvenu – wie jene Champignons, nach lauem Sommerregen, plötzlich aufgeschossen, man weiß nicht recht, aus welchem Sumpf. Sumpf! schreist du. Ekelhaft! Und die finden dich bloß lustig. Sie hören die Schauergeschichten über die Bastille, die sie hören wollen. Den Gefängnisdirektor verleumdest du, nährst die Lügen über Skelette in den Cachots. Absichtlich demagogisch! Hier wird niemand hingerichtet! Ein vergleichsweise humanes Gefängnis. Die Gefangenen werden gut behandelt. Sie dürfen sogar Katzen halten in den Zellen, gegen die Ratten und die Mäuse. Deine Bewacher sind empfindlich ... als könnten von deinem Geschrei die Mauern einstürzen; die Erde beben; sich der Boden auftun ... die Kruste ist dünn, dünn geworden plötzlich.

Hörst du das Zähneklappern in der Stadt? Die Zähne klappern die Litanei von Freiheit Gleichheit Brüderlichkeit, und von den Zähnen tropft das Blut der Blutorangen, sie hauen ihre spitzen Zähne in das Fleisch der Blutorangen ... und die Kanonen auf den Zinnen wären schon geladen. Und du brüllst, egal was, neben den geladenen Kanonen. Und von dem Gebrüll, den Lästereien, diesem Ekel geht dir ein Schuß los ...

Ein Alptraum, du!

Ein Monster, das man verschlossen hält im Innern, zwischen meterdicken Mauern, neunzehn eisernen Türen, zwanzig Gitterstäben, damit kein Wort hinausgeht und kein Licht hinein.

Du bist ja tot! Ein Totgesagter ... ein Zombie ... und der ginge plötzlich übern Marktplatz? Unförmig, pockennarbig, in Abwesenheit zum Tod verurteilt, als Puppe enthauptet und verbrannt, die Asche in den Wind gestreut, und da steht die Puppe plötzlich auf dem Markt von Siena – es war doch Siena? – und wichst sich einen, vor allen Leuten, bis es spritzt.

Das darfst du nicht – noch immer nicht – nie! Foutredieu! Ein Exhibitionist! Schaut alle her! J'y suis! J'y suis! i! i! erschreckend laut, hoch, spitz, im Augenblick der Krise – eine Krise? Ein Orgasmus. Stolz auf das Todesurteil wegen Sodomie. Stolz auf den Arschfick. Stolz auf den öffentlichen Absprutz. Stolz auf die Verletzung sittlichen Empfindens – diese Lüge!

Schläfst du?

Umrisse ohne Form dein Bett, ein Berg aus Bettzeug, Kissen. Und der Berg erschauert. Zittert. Rumpelt. Keucht. Ein leises Stöhnen, unter Schmerzen, Wehen. Erdstöße beben durch den Berg, rhythmisch, unregelmäßig, wieder rhythmisch, der Berg ächzt. Das Bett knarrt.

Nein, ich brauche keine Kerze. In deine Ecke leuchten? Die Bettdecke zurückschlagen – wo steckt das Lederetui? Was steckt in dem Lederetui? Noch vor Tagesanbruch: wenn sie kommen, schlurfend, und dich stören, im schönsten Augenblick?

Das Allerschlimmste. Beraubt der letzten, jämmerlichen, aber absoluten Freiheit. Bloßgestellt – ein Rosenholz im Arsch. Du kannst dich mit fast allem masturbieren – fast bis zum letzten Atemzug. Du siehst am Ende nur noch Masturbationsgeräte, Masturbationsmaschinen. Die ganze Natur wird dir zur Masturbationsmaschine, die sich selbst befriedigt, selbst verzehrt in ihrer Gier, sich selbst erneuert, von vorn anfängt, oder von hinten, das Ewige regt sich doch in allem, und es regt sich immer wieder – bei gezogenen Vorhängen, hinter schwedischen Gardinen, heruntergelassenen Jalousien, im Schutz der Dunkelheit, die dir Intimität gewährt, ein wenig Freiheit von der Dressur, dem Ordnungszwang und der Kontrolle – über den Spion in der gepanzerten Tür klebst du den Gummi – dem unsichtbaren Blick entzogen, dem Auge Gottes, bis endlich, endlich! – Freiheit! Freiheit – in deiner geballten Faust, im Krampf der Samenstränge, dieser Schleimhautschläuche, die es schier zerreißt ... schäumend, schäumend! ... du weinst.

Ganz finster ist es nicht. Ein Schimmer durch das Gitterfenster. Ein später, hoher Mond –

den kannst du nicht sehen. Ein pockennarbiges Gesicht, verbrannt. So menschenfern wie du. Erloschene Vulkane, Meteoritentreffer, die Narben geplatzter Gasblasen, Meere, die keine sind – das Meer der Ruhe, das Meer der Heiterkeit, das Meer der Dämpfe und der Wolken und das Honigmeer – erlogene Meere! – nur Namen, schöne Wörter, Menschensprache. Der Mond ist unmenschlich. Schön ist nichts dort. Haßgestein, Haßmoleküle. Ein toter Stein, der nicht aufhören kann, die Erde zu umkreisen, dem Gesetz gehorchend. Ein Trümmerbrocken aus dem Anfang, durch Gewalt entstanden, übrig. Eisige Kälte, verzehrende Hitze. Strahlung. Nur den Schein siehst du – aschgraues Mondlicht – blaß, Abglanz der Sonne, auf den Idyllen deiner Wandbehänge, die Natur vortäuschen, Leben. Waldlandschaften, Baumriesen vor dem vollen Mond, die Liebenden verschwindend klein ... verschwindend! Keine Liebenden!

Nichts als Natur – Gewalt.

Zu unbequem. Du träumst von Innenräumen. Das Licht ist künstlich. Die Möblierung luxuriös, Stil Louis Quinze. Ein Schloß. Du brauchst ein Schloß. Platz und Komfort. Eine Dienerschaft, das Personal der Träume. Herrenzimmer, Boudoirs, intime Kabinette, gut geheizt, zweckmäßig eingerichtet. Ottomanen, Chaiselonguen, Kanapees. Und das Personal ist nackt, wofür sonst hat man Personal.

Nein, das geht zu schnell. Du hast ja Zeit – unendlich viel Zeit! – und es geht nicht mehr so rasch wie auf dem Markt von Siena. Du mußt die Lust aufsparen, die Vorlust behutsam steigern, die Lust planen, die Vorlust lustvoll extrapolieren, durch Deduktion der Lust, durch Induktion, durch Introduktion! – ohne den Genuß der Lust zu konsumieren: sonst bleibt nichts als Unlust.

Es brennt im Schwanz. Du hast zuviel gefressen.

Es fängt doch mit der Speisekarte an, mit der Zusammenstellung des Menüs, von den kleinen Häppchen, die den Appetit anregen, bis zur Mousse au Chocolat; mit der Auswahl der Garderobe für den Abend, aus dem Theaterfundus deiner Kerkerschränke, mit dem Entwurf der Uniform, die die Personen erst zum Personal macht, indem sie die Dienstränge festlegt und die Rollen. Du mußt die Rollen verteilen: die einen dienen stumm, die andern herrschen redend. Die Rollenträger mußt du dir erfinden. Du bist Stückeschreiber, Bühnenbildner, Beleuchter, Requisiteur und Choreograph. Du zwängst das Fleisch in die angemessene Verpackung – aber leicht zu lösen! Keine Umstände, ein Griff am Hosenboden, schon ist das Herzchen offen. Denn dort muß ein Herzchen sein – ein buntes, stilisiertes Herzchen mit einem bunten Schleifchen, um es aufzureißen – denn dort ist das Herz. Am Arsch.

Doch vor allem bist du Architekt. Alle Herrschaft beginnt mit der Gewalt der Räume – dieser Möblierung der Natur. Du mußt dich wohnlich einrichten in der Natur. Die Natur gestalten, sie als Infrastruktur benützen, vergewaltigen – sonst mißbraucht sie dich.
Wer ist stärker?
Du träumst immer noch von deinem Schloß, das du nie mehr bewohnen wirst. Es geht zu Ende mit den Schlössern ... bald nur noch Ruinen. Gestürmt, geplündert. Die Mauern rissig, in den Rissen sprießen kleine Bäume, Efeu sprengt den Stein. Langsam frißt die Natur dein Schloß auf und kann es doch nicht ganz verdauen.

Ein Klotz von fern, massiv, als wüchse er hoch über dem Tal aus dem Fels heraus mit seinen Zähnen in den Himmel.
Er scheint in sich zusammenzustürzen, wenn du daran vorbeifährst und der Blickwinkel sich ändert. Leere Fenster. Dahinter blaues Leuchten. Augenhöhlen auf den Himmel. Zerstörte Bausubstanz.
Keine erkennbare Struktur – von fern.
Es könnte Fels sein, grau, Gestein. Als wäre deine Burg mit diesem Fels verwachsen, in den Fels hineingewachsen, hervorgewachsen aus dem Fels, der selber wächst – bei einbrechender Nacht –, im Dunkel deiner Zelle wachsen Burg und Fels, verwachsen miteinander, ununterscheidbar – ein Felsmassiv, das plötzlich Gestalt

annimmt – kein Zufall mehr: Stützmauern, Ekken, Fenster, Türen –
Und ein Dach drauf.
Eine Schloßburg auf dem höchsten Gipfel eines Felsmassivs. Von Schluchten eingekreist. Abgeschirmt von einem schwarzen Wald. Der Schwarzwald? Ausgerechnet? Ein Erholungsgebiet, mit seinen sanften Hügeln, seinen Kurorten? Nein. Nur ein Wort, der Schwarzwald. Finster! Undurchdringlich. Ein unbesteigbar hoher Berg.
Man müßte schon ein Vogel sein, ein Aar...
Was träumst du da?
Die Montgolfieren?
Nein, die Montgolfieren hast du nicht sehen können...
Kein Himmel. Kein Horizont. Die kleine Hochebene hinter der Burg ist eingekreist von Felszacken.
Eine natürliche Mauer.
Der ideale Kerker – deine Freiheit?
Keine Hoffnung, keine Angst. Da kommst du nie mehr raus!
Es sei denn...
Es rumort da draußen. Hörst du? Unruhen, Aufläufe, Demonstrationen. Pélagie, deine fürsorgliche Hausfrau, berichtet dir, was rumort (wie mein Fernseher mir), während sie deine Lederetuis näht, um die du bettelst, eigenhändig? Erregen dich diese Gerüchte? Alles, was rumort? Die Etuis?

Um die Brotpreise geht es, und die steigen täglich. Bald werden die Bäcker am Laternenpfahl hängen. Die Mehlwucherer! Wucherer überall, das Land ist von Parasiten befallen — Steuereintreibern, Pachtherren, Kirchenfürsten —, und die Fischweiber auf dem Markt kämpfen um den Preis ihrer Fischsuppe.

Der Rechenschaftsbericht des Finanzministers: das Buch der Bücher — ein Bestseller und Longseller. Doch die Finanzminister kommen und gehen, mit ihren Theorien, die sich widersprechen, entlassen und wieder berufen, zu Hilfe gerufen! Der Staat ist bankrott! Hörst du, wie es gärt? Und der Korkzapfen über dem brodelnden Saft, birnenförmig wie du, aber gekrönt, im Grunde zufrieden mit seiner neuen Rolle als gekrönter Korkzapfen der Nation, erweist sich als zu schwach; die Drähte, gelockert von dilettantischer, unentschlossener Hand, sind brüchig geworden von all den ängstlichen, gierigen Fingern...

Hörst du die Gärung, das leise, das schäumende Zischen? Träumst du vom Knall, von jenem Tage des Volkszorns, da die gärende Masse sich erhebt und den Korkzapfen wegsprengt...

Gefängnisdirektoren lyncht? Zwingburgen schleift? Deine Schlösser plündert?

Freiheit? Freiheit endlich!

Eine Hoffnung?

Die Mauern fallen — Stein um Stein. Gott, der

Tyrann, ist tot. Die Religion ist abgeschafft, als Grundlage des Staates, egal welche Religion, alle gleich. Mag jeder glauben, was er will – am besten gar nichts. Keine Heilsversprechen mehr! Kein Vorrecht der Geburt! Die familiäre Herkunft – proletarisch oder adlig? – ist egal. Kein Erbrecht mehr, keine Ehe, keine Familie. Die Frau gibt sich dem Mann hin, den sie will – irgendeinem, irgendwann –, sie gebärt das Kind, wenn sie ein Kind gebären will, dann wird das Kind vom Volk erzogen. Das Volk? Ein Haufe, keine Nation: keine Hymnen bitte! keine Fähnchen, keine Kerzen, keine Kirchenglocken! Eine ungläubige Rotte, eine wilde Horde. Erzogen? Das Kind lernt denken, lesen, schreiben, rechnen; die Naturgesetze lernt das Kind verstehen, die Künste lernt es beherrschen, seine körperlichen Fähigkeiten nützen – alle! –, und das Kind, das am schnellsten lernt, ist das beste Kind, das stärkste Kind: das souveräne Kind. Was Spaß macht, lernt das kluge Kind von selbst. Was Spaß macht, ist erlaubt. Nichts unsagbar. Was denkbar ist, wird ausgesprochen. Die Zensur ist abgeschafft. Wenn das Kind, egal ob weiblich oder männlich, alle gleich, allmählich Spaß bekommt an der Lust, so genießt es die Geschlechtslust, egal mit wem, womit und wie, nicht der Rede wert, und wenn das Kind Lust hat, von der Lust zu reden, um die Lust zu steigern, so ist die Lust der Rede wert. Die Rede dient der Lust. Eine

Naturgewalt, die Schaden stiften kann. So muß man die Gewalt vernünftig einplanen, um den Schaden zu begrenzen.

Ein Restrisiko bleibt. Dafür sind Lusthäuser da. Jedes Kind, egal ob weiblich oder männlich, alle gleich, leistet für eine bestimmte Zeit in einem Lusthaus Lustdienst, auf Staatskosten, wie Landdienst auf dem Feld. Und jedes Kind, das Lust hat auf die Lust, auf irgendeine Lust, wird in dem Lusthaus sofort mit Lust bedient: mit allen Mitteln, dem ganzen Maschinenpark, die Technik dient der Lust; die Produktivkräfte, entfesselt, dienen der Lust. Produktion? Nein, Lust! Und da gäbe es kein NEIN! Nein, heute lieber nicht. Nein, lieber nicht mit dir. Nein! Keine Dienstverweigerung und keinen Streik, keinen Krieg mehr gäbe es ... Die Armeen? Umgepolt: Masturbationsdrill statt Gewehrdrill ... Es gäbe keine Vergewaltigungen mehr auf offner Straße. Keinen Lustmord im Gehölz ... Nur noch Naturgesetze, die sich selber regulieren ... Der freie Markt, das ist Vernunft! Lust für alle! Freiheit für alle! Der einzige Tyrann ist die Erregung. Die Regung. Die geringste. Des Geringsten. Der Geringsten.

Deklinierst du?

Träumst du?

Hoffst du? Ein ganzes Volk erregt ... befriedigt von der Erregung ... und kaum befriedigt schon wieder erregt?

Erregt es dich? Spürst du das Frösteln der

Erregung ... den kühlen Lufthauch im Genick ... das Rasseln, hörst du es, von fern und immer näher, immer schneller: Kopf ab! Und rund um die Maschine hocken Frauen, und die stricken, hörst du das Klappern ihrer Nadeln? Das Rasseln der Maschine? Den dumpfen Aufschlag? Kopf ab!, rufen die Frauen, ohne aufzusehen von der Strickarbeit, revolutionäre Frauen in der Volkstracht, die Haare knapp geschoren, ungeschminkt, arbeitsame Frauen, Fischweiber, Marktweiber, radikale Mütter, Strickerinnen. Und die stricken immer schneller, Kopf ab!, die Maschine rasselt immer schneller, Kopf ab!, eine Maschine, die von selbst beschleunigt. Hörst du das Zähneklappern? Und von den Zähnen tropft das Blut der Blutorangen, und die Zähne klappern: Kopf ab! Die Strickerinnen brauchen längst nichts mehr zu rufen, die stricken schon im Rhythmus der Maschine: Kopf ab!, die Grube füllt sich von selbst, es stinkt, Kalk drüber, es stinkt noch immer, Lavendelduft drüber, Thymian verbrennen, doch es hört nicht auf zu stinken, der Boden schluckt das Blut nicht mehr — Sägemehl! Puder! Desinfektionspuder! Es stinkt! Längst stinken die Strickerinnen auch, die Tugendhaften stinken, mit zerschoßnem Kiefer, die Heiligen, Gerechten, diese Redner! Die Wissenschafter stinken, die Forscher, Ökonomen, Philosophen, erfaßt von der Maschine, verstrickt mit der Maschine, am Strick in die Maschine hineingezogen, an ihren Marionettenfäden, Gedankenfäden — Kopf ab! — der Automatismus der Maschinen. Der Automat trennt Kopf und Leib. Dein Kopf, vom Leib getrennt, wird selbst zum Automaten, der Leichenhaufen produziert: Massengräber. Abfallberge. Schrott, Müll, Wüsten ... Schützengräben. Materialschlachten. Das Flimmern weißer Holzkreuze bis zum Horizont, auf kurzgemähtem Rasen, ordentlich, in Reih und Glied. Endlösungen. Lösungen. Organigramme, Befehlszentralen. Bildschirme, flimmernde Pünktchen. Ein Punkt auf dem Radar. Ein Flugzeug, weit oben, ein Pünktchen, das im wolkenlosen Himmel silbrig glitzert — auf Befehl ein Knopfdruck: und mit Gottes Segen ist die Stadt nicht mehr.

Gott?

Ein Atomblitz, Rauchpilz, Feuersturm, Druckwelle, Aschenregen.

Strahlende Haßmoleküle, bis in den Kern gespalten.

In Gottes Namen — ohne Lust.

Eine Neutronenbombe ficken?

Steckst du dir eine Lenkwaffe in den Arsch?

Willst du dich von einer Interkontinentalrakete vögeln lassen ... oder erlöst dich erst ein Kühlturm?

Nein! Noch bist du beieinander. Ungespalten.

Du rumorst im Finstern. Du keuchst, oder

kicherst du? Du spielst: mit deinem Schwanz, mit deinem Federkiel, mit deinem Etui, deinen beiden Etuis, eines vorne, eines hinten, mit deinem Rosenhölzchen spielst du, deinem Gummi, deinem Lederzeug, mit deinem ... brauchst du noch mehr Etuis?

Deine Zwingburg ist uneinnehmbar, unzerstörbar, nicht zu orten. Sicher vor allen Eindringlingen, diesen Schnüfflern, den Spitzeln der geheimen Sittenpolizei, den Fliegen, diesem Sumpf. Auch die Natur kommt dir da nicht hinein, mit Krankheitskeimen, Erdbeben, Springfluten, Donnersturm und wilden Tieren.

Nur Kleinvieh noch. Schlachtvieh. Und das Personal. Das entkommt dir nicht! Die Brücken, die über die Schluchten führen, sind schon abgebrochen. Die Türen von innen zugemauert.

Du hast dich selber eingebunkert, mit deinen Lustobjekten beiderlei Geschlechts.

Und ER bereitet seine Flucht vor. Es ist Zeit. Schon zweimal stand er an der Grenze, jener Wasserscheide zwischen Nord und Süd – auf dem Gebirgsgrat, wo sich die Berge rings in Licht auflösen und nur das Ferne farbig bleibt, scharf umrissen: das ersehnte Land.

Zweimal aufgehalten, zurückgerufen. Das eine Mal von der Geliebten, seiner damaligen Geliebten, ein leidenschaftlich Liebender, sagt man, sein Leben lang, das andre Mal von den Kurieren des jungen Herzogs, einem ungestümen Jungen, der sich von ihm zähmen lassen wollte, damit er sich als Staatsmann nicht den Hals brach.

Eine gegenseitige Zähmung. Zwischen dem Landesherrn und seinem ersten Diener. Eine lockende Aufgabe. So blieb er hängen, im Netz der Pflichten, und für lange.

Eine Flucht?

Äußerlich geordnet; vorbereitet innerlich. Das Haus bestellt. Von seinen Ämtern beurlaubt. Nur der Aufbruch unbemerkt am Ende, brüskierend plötzlich, im Morgengrauen, ohne Abschied.

Unter falschem Namen. Mit Dachsranzen und Mantelsack. Ein Herr Möller, Miller, Handlungsreisender.
Man hätte IHN nicht fortgelassen.

Eine Wohnung voller Gipsabgüsse. Ein leichenhaftes Material; das schwärzlich anstaubt, fleckig patiniert. Kein Marmor ... bis auf den Jungen da, am Fuß der herrschaftlichen Treppe, dieser Auftrittsrampe, halb versteckt in einer Nische, und gerade dadurch auffällig, weil er die Neugier weckt. Eine Portalfigur, wie diese Bronzen, oben. Ein Hirtenknabe, das Zicklein auf der Schulter. Zwei Jünglinge, der eine umhalst den andern, beide nackt. Aus schwarzem Erz. Der riesenhafte Kopf der Juno im Halbdunkel, als wache hier, im Inneren, das Ewig-Weibliche. Erschreckend! ... Und dieser Rumpf: auf die Knie gezwungen, vorgebeugt, enthauptet ... zu klein! verkleinert! und so staubig, bleich ... blasse Erinnerung an den berühmten Torso ... wie das Bruststück vom Apoll; gleich zweimal dieses Bruststück, das eine überm Treppenaufgang, in der eigens angebrachten Nische, absichtsvoll beleuchtet, das andre im halben Dunkel eines schlechten Winkels – die Kopie einer Kopie. Bewahrte Form, reproduziert.

Sind denn zerstörte Räume nicht schöner als bewahrte? Ruinen nicht schöner als Museen?

Erstürmte Burgen, ausgebrannte Kathedralen, zerfallne Säulentempel, durch die der Wind streicht, zwischen blühendem Gestrüpp, auf Felseninseln, schöner als restaurierte Palais ...

Patrizisch die Fassade am Frauenplan, fast eine Residenz; geduckt die Ansicht vom kleinen Garten aus. Eine gedrückte Kirche, unter ausladendem Dach, ein Schutzraum, denkt man unwillkürlich, wenn man in dem Gärtchen wandelt, um Luft zu holen – Licht! Landschaft! – auf abgezirkeltem Kiesweg, zwischen ordentlichen Blumenbeeten, und zur Einübung farbige Blumen scharf anschaut – rote Tulpen –, dann zum Kiesweg schielt – grau: doch die Komplementärfarbe, ein Blaugrün, stellt sich nicht ein, zu wenig stark ist der Kontrast.

Ein großes, aber dunkles Arbeitszimmer, abgesperrt von einem Gitter, gegen das man sich mit Ungeduld drängt, denn man will doch einen Blick auf das allgemein Berühmte werfen: die Schubladenschränke, derart praktisch, daß man sich gleich vornimmt, sie nachbilden zu lassen. Der dominante Tisch – Platz genug. Die Glaskugel im Gestelle. Spazierstöcke. Die Gegenstände des persönlichen Gebrauchs, die fahl im Schein vom kleinen Fenster her verdämmern, schimmernd. Die Weinflasche. Schreibzeug. Dunkles Holz und dunkles Leder. Der Raum des Heimgekehrten, Alten, den man hier nicht stören darf; der nicht mehr reist, nur noch empfängt, Hof hält, in den repräsentativen Räumen vorne, abgeschirmt vor Zudringlichkeit – beschäftigt mit Abseitigem; Farbenlehre, die Spiraltendenz der Vegetation, die Reise zu den Urmüttern. Der konfuse Tag bleibt ausgesperrt! Im Kopf die Welt! Die klassische Welt! Versiegelt und verschnürt, das Bündel, das letzte große Konvolut, und nicht der Öffentlichkeit übergeben! Denn dort herrscht sensuelle Exaltation! Verwirrung, zunehmende Verdüsterung, Untergänge auf Breit-Leinwand: Schiffsuntergänge, Bergstürze, Lawinenniedergänge, Sturmnächte in ungeschlachten Gebirgslandschaften, Felsungetüme, Schluchten ... Und was da aus der Tiefe aufsteigt! Qualm, Dunst, Pulverrauch – als hätte er's geahnt – ein Nebelland, das sich ausbreitet, und die Menschen verschwindend klein gemalt ... Die klassischen Gestalten wären nur Gespenster noch? Abgegriffen, abgelebt, im Schattenreich, verdämmernd, in Gips, im Staub ...

Licht! Südliches, mediterranes Licht!
So daß die Steine leuchten und das Gemäuer blendet, und das Grün hat diesen olivgrauen Schimmer wie die Haut gewisser Knaben – man ist nicht blind für schöne Knaben! –, und der polierte Marmor glänzt wie ein gesalbter Leib, und die Schatten sind genau, begrenzt, Abbild der Gegenstände, vom Licht geworfen – keine

diffuse Dunkelheit, kein Dunst, kein Nebelstreif und keine Schwaden!

Es ist so menschlich, Augenmensch zu sein, nach Licht gierig wie wir alle. Das menschlich Auge ist kein tierisch Hülfsorgan! Vom Licht erschaffen für das Licht! Schau diese Augen an! Wie häßlich das Gehör dagegen, schneckenförmig nach innen führend, widerlich gewunden und verdreht. Ein Häutchen, Knöchelchen als Klöppel. Das Ohr lauschend an die Wand gepreßt: Was da zu hören wäre? Nichts? . . .

Wie erblindet von zu langer Dunkelheit schärfst du dein Gehör, den ursprünglichsten Sprachsinn, bis alle Sinnlichkeit nur über die Sprache in dein Gehirn dringt, dein Gehirn reizt, deine Stimme, seit du von draußen nichts mehr hörst, deine Sprache, die du mißbrauchst, als wolltest du sie schänden, notzüchtigen, weil du nichts anderes mehr fühlst, nur scharfe Konsonanten, die auf weiche Vokale prallen, spitze Wörter, steife Rhetorik, erregtes Pathos, bluttriefende Perioden, zwischen viel zu dicken Mauern, allein in deinem düsteren Gewölbe, von Irrlichtern durchzuckt, Moorlichtern, Sumpflichtern.

Nein!

Klarheit! Apollinisch!

Ein beinah starrer Blick, der aus dem Rund des Rahmens fordernd auf die Welt gerichtet ist: geradlinig, direkt, das Abschweifen nicht duldend, das Abseitige aussparend: auf ein Ziel hin, das zu erreichen ist. Im rechten Augenblick, mit vierzig.

Eine Besessenheit –

Den Apoll von Belvedere sehen, endlich ganz, nicht nur das Bruststück – eine Büste wie in einem Kleiderladen – und in natura, nicht in einem Wald von Kopien, drehbar auf dem Sockel, in der berühmten Kunstsammlung eines berühmten Kunstfreunds.

Nein. Frei muß er stehen, im richtigen Licht, am rechten Ort. Allein und nackt – mit diesem Siegerblick auf nichts, ins Ferne. Die Arme locker ausgebreitet. So daß du jeden Muskel siehst, die schöne Proportion.

Der Natur gemäß. Wahr. Nicht ... symmetrisch?

Ein Fuß – was gibt es da zu mäkeln an dem Fuß? – sei kleiner als der andre Fuß: ein Klumpfuß? Nein! Kein Sterblicher. Ein Gott! Der Gott des Lichtes, der Musik, der Kunst, selber ein Kunstwerk – Gott der Schönheit! –, da gehst du doch nicht mit dem Meterband und mißt die Füße nach, in Zoll und Linien! Den bemißt du auf seine Wirkung hin mit Augenmaß, geübt in der Naturbetrachtung, und mit ästhetischem Gefühl, daß das Stück Kunst zu einem Stück Natur wird, seiner eigenen Gesetzlichkeit gehorchend, dem Naturgesetz der Kunst, dem höchsten der Naturgesetze, als Steigerung der Natur, Steigerung des Lebens ...

Erstickend, das Gefühl!

Und alles wäre nur Ersatz?

Nein! Nicht für IHN! Das Leben, sagt er, hörst du – kannst du ihn denn hören? Eine wahrscheinlich feste, aber leise Stimme, ans Schreien nicht gewöhnt – fern dir! fremd! sehr fern! – das Leben, sagt er, das Leben achte ich höher als die Kunst, die es nur verschönert: steigert, nicht ersetzt.

Das hörst du gern – wer nicht! Und es wäre beinahe eine seiner vorzüglichsten Eigenschaften, Dinge zu sagen, die man gern hört? Ja – wer denn möchte keinen Apoll im eignen Schloßpark, schön wie die Liebe selbst. Besser im Park als in der Empfangshalle, im Tageslicht, und es müßte ein südlicher Park sein, mediterrane Vegetation... Der Wunsch nach Verschönerung ist dir nicht fremd: in deinem schlechten Winkel! Wenn du für einmal nichts mehr von dir hören willst! Nicht mehr nur Buchstabengeflimmer vor den Augen! Keine Mücken, keine Fliegen! Wenn du die Augen ruhen lassen willst, auf dem Schönen... und sei's nur auf einer guten Kopie. Aber aus Marmor, bitte, hautähnlich, kein Gips! Nicht einmal Gips! Nur eine vage Erinnerung, als Bild im Kopf, denn du hast den Gott gesehen, vor sehr langer Zeit ... und eine kleine graue Zeichnung in dem Buch.

Natürlich – Bücher, Bilder kannst du haben, privilegiert, in deinem vergleichsweise bequemen Knast.

Ein Ganzbild zwar, aber stark verkleinert.

Grau in Grau, ohne Tiefenwirkung, wenn es den ganzen Tag nicht richtig hell wird. Das Bruststück? Ausgerechnet das Bruststück, das ihm so lieb ist, daß er's zweimal haben muß, zieht dich nicht an! Wegen dem ausgestreckten Arm, der Kontraktion des Muskels? Was hält der eigentlich so fest in seiner Faust? Du brauchst ja eine Lupe ... diese Brust ist nicht schön, verzerrt. Eine wohlgeformte Achselhöhle immerhin, es muß ja nicht unbedingt das Bruststück sein ... Nur wegen diesen kleinen spitzen Warzen ohne Nutzen, ein Reiz zuviel, ein Detail! Leg die Lupe weg! Halte das Buch ein wenig auf Distanz – dem Fenster zugewandt, dem Kanal aus Helligkeit von oben, gedämpft durch das Gitterwerk – steig auf den Dreitritt, dem Licht entgegen! Es kommt auf das Gesamtbild an, erfaßt auf *einen* Blick. Ein wenig tränend von der Entzündung, von dem plötzlich einfallenden Licht, nach dem Entzug des Lichts ... doch, die perspektivische Verkürzung, bei der Körperhaltung, stimmt.

Zum Niederknien.

Und ihn – liest man – hebt's über die Wirklichkeit hinaus ...

Du gingst vor dem Original in Rom gleich in die Knie.

Doch da fehlt etwas. Abgebrochen. Abgeschlagen. Abgehauen, mit Gewalt. Wie abgebissen. Eine rauhe, wüst vernarbte Wunde, fast ein Loch ...

Ihm wird's nicht fehlen. Kein Schaden, für die Kunst ... wie noch der unvollkommenste Torso (der berühmte) das vollkommenste Kunstwerk sein kann, ein weggebeugter Rükken, ein verspannter Arsch, die Arme, Beine amputiert, enthauptet und entmannt: das Urbild deines Lustobjektes im Endzustand? Die Glieder abgeschraubt, als wären es Maschinenteile, und noch immer wäre es ein Kunstobjekt, schön wie die Liebe selbst, Lust erregend, Lust befriedigend, bis ... Nein! Es ist nicht Wirklichkeit! Aus der Wirklichkeit herausgehoben, aus dieser Wirklichkeit des Leidens, vom Schmerz erlöst, von Zeugung, Leidenschaft, Geburt und Tod befreit – ein bewahrter Augenblick, versteinert – Leben, das sich nicht verzehrt, keiner Lebenszeit mehr unterworfen, keinem Menschenalter, nur den Erdzeitaltern – wie die Gebirge, Felsen, Steine. Aber gemacht! Von einem Mann, nach seinem Bild, ins Göttliche gesteigert. Unsterblich!

Zerstörbar nur von außen, durch Wind und Wetter, Wasser, Kälte, Frost, einwirkend über lange Dauer; durch Efeuranken, Moose, Flechten; durch Erdstöße, Bergstürze, oder mit dem Hammer. Mit dem Meißel. Mit der Säge, mit dem Bohrer. Mit Dynamit!

Durch Revolutionen, Krieg. Durch eine Explosion, die den Stein sprengt, die Lichtgestalt zerreißt, die Form auflöst...

Warum zerstören?

Da hockst du, in deinem abseitigen Winkel, und alles Schöne wird dir zur Zerstörung. Automatisch. Wie eine Maschine. Als könne es nicht sein – als dürfe es nicht sein – als wäre es nicht *wahr*! Auf einem Schemel hockst du, hört man, und du läßt dir Rosen bringen, und du riechst lang an der Rose zwischen deinen Fingern, genußvoll lange, dann tauchst du sie in die Kloake, hebst sie hoch und wirfst sie fort und platzt vor Lachen... Hör auf!

    Es nützt dir nichts!

    Du kannst nicht flüchten. Du kannst nichts zerstören. IHM nicht.

Solange noch ein Bruchstück bleibt – eine Armbeuge mit geschwollner Ader, eine Kniekehle mit gespannten Sehnen, im Sand begraben, unter Vulkanasche geborgen, ungealtert, läßt sich die ideale Proportion erahnen.

    Eine ideale Gestalt. Da kann nichts fehlen. Du kannst dir's denken.

    Verhältnismäßig klein, wie bei den arkadischen Knaben; geschrumpft; elegant gebogen; mit einer langen, engen Vorhaut, zu eng immer, schmerzhaft, wie jedes Schönheitsideal...

    Bis zum Nabel? Zwölf Zoll, zwei Linien? Steil und schwer? So schwer wie das Gehänge, das noch übrig ist ... und mit entblößter Eichel, dick geschwollen ... und in der Faust? ein

Klotz? Du kannst dir's denken! So daß ein süß Gefühl der Ohnmacht – dieser Schwindel! – dir die Knie beugt, dich zwingt, vor diesem Gott! vor diesem Ständer...

Undenkbar! Die kleine graue Zeichnung, die du da in Händen hältst, ist klassizistisch – spätes achtzehntes Jahrhundert – ein Gesicht mit individuellen Zügen, ein empfindsames Persönchen – mit einem Ständer? Undenkbar eine Erektion am imaginären Unterleib der Büste, in dem Treppenhaus dort, in der Wandnische, beleuchtet, fackelähnlich, kalt.

Ein klassischer Apoll im Zustand geschlechtlicher Erregung? Nein. Es wäre priapisch, dionysisch... älter als das Apollinische!... vorklassisch, primitiv. Ein Fruchtbarkeitsdämon? Doch dann wäre die Gestalt viel stärker stilisiert, nicht nur das Gesicht wäre Schema, nein, alles wäre Zeichen, rein funktional und kultisch, ein anderes ästhetisches Prinzip...

Eine andere Ästhetik? Wo die zu finden wäre? Was kramst du da in deinen Kammern? Was suchst du denn, mit abgeknöpften Beinkleidern, eilig, in deinen Kerkerschränken? Pornographie? Nein? Kannst du's nicht finden? Zwischen deinem Fummel für das einsamgroße Fest am Abend vor dem Spiegel, deinen Lederetuis für den Morgen und die Nacht, zwischen deinen Peitschen für den Selbstgebrauch. Nur ... Schmetterlinge! Motten, geschlüpft in deinen Schränken, zwischen diesem

Fummel, ein lichtes Geflirr im halben Dunkel
... nichts als Motten!

Schwänze? Ein schöner, übernatürlich großer Schwanz, der krumm aufragt aus offnen Cowboy-Jeans und sich der Weltkugel entgegenstemmt ... und auch die Nipples auf der übermännlich muskulösen Brust wären dann zeichenhaft, wahrhaft ein Busen, amerikanisch, wie das breite Grinsen bei dem überirdischen Fick ... wo hast du deinen Tom of Finland? *Den* brauchst du! Den mußt du haben! Den hast du doch im Kopf...

Willst du IHM den entgegenschleudern ... aus der Tiefe? Diese Fickhengste, heiter grinsend, einer wie der andre ... Deine fouteurs gegen diesen klassizistischen Knaben? ... Va t'faire foutre! Weich sind die Gesichtszüge auf der Zeichnung, und dieser süffisante Herzmund! ... und der zu lange Hals!

Der Schwanenhals, das Ideal der menschlichen Gestalt –

DER Mensch, für IHN, als MANN, da steht ER und ist BILD!

Bild nur – bloß Ästhetik?

Traumhaft vorweggenommene Vollendung der Naturgeschichte in der Kunst. Die Überwindung alles Tierischen, des Äffischen – endlich! – nach langer Evolution, Entwicklungsschritt für Schritt nach oben, Gestaltwandel, fast unmerklich...

Oder plötzlich? Verhältnismäßig plötzlich?

Eine Laune? Nichts als Launen! höhnst du mit abgeknöpften Hosen, in der einen Hand das Buch, in der anderen die Peitsche, aus deinem Kerker im Erdinnern, eingemauert und umschwirrt von Motten plötzlich, Launen! Wandel? Womöglich nach oben? Plötzlich streckte der den Schwanenhals aus dem Gebüsch der Urpflanzen, so daß die kleinen Haarigen, mit eingezogenem Kopf und häßlich flacher Stirn, auf den Außenkanten ihrer Füße watschelnd, panisch, bellend, brüllend, rudelweise wie die Lemminge, über den Rand der bekannten Welt ... So plötzlich nackt, so blaß, fast ohne Pelz!

Die Tiernatur ist abgestreift. Was bleibt, ist für IHN kein Zeichen von Manneskraft, von Schwäche eher, gegenüber diesem Rest Tiernatur, der nie ganz abzustreifen ist, in keinem Menschenleben ... Ein Rest tierischer Schwäche, überwunden in der Kunst! Kein Haar auf Brust und Schenkeln, weiß, rein, schon übermenschlich schier ... Behaarte Schenkel? Ein grauer Flaum, oder ein goldenes Vlies ... wie wäre dies im Marmor darzustellen, unsatyrisch? Auf der Zeichnung? durch Schraffur? Schamhaar? Diese letzte Zier, als Reiz ... da brauchst du aber deine Lupe! ... Und diese merkwürdige offne Hand.

Holt der zum Schlag aus? Ohne hinzusehen? Würdigt dich keines Blickes, während du schon vor ihm kniest, dich vor ihm beugst, auf allen

Vieren, Staub leckst, Staub von seinen Füßen, Staub von seinem geschnürten Schuh ... Tritt er dich ins Gesicht? Haut der dich endlich? Aber nachlässig ... Läßt er sich bitten? Unberührt! Gleichgültig, mit dem kalten, stereotypen Lächeln der Büste ... Läßt er dich betteln, winseln, unterwürfig, würdelos, mit Lust? ... Mit sublimem Genuß an dieser Schwäche: schamlos, hündisch vor deinem Herrn und Meister, der dich schlagen wird! Aber so zaghaft, mit diesen zögerlich gespreizten Fingern...

Die Finger für die Leier, du Idiot! Der skandiert dir nicht einmal Hexameter auf deinen Arsch. Der hört dein Betteln nicht, du Narr! ... Stricken sollst du! sagt dein Arzt, statt auf einer kleinen grauen Zeichnung mit der Lupe Schamhaare zu suchen, bis deine Augen sich entzünden, dein Blut in Wallung gerät, dein Schädel sich erhitzt ... Stricken sollst du! blindlings, blindwütig stricken! Mit tränenden Augen stricken. Denn der erhört dich nicht, in deinem Turm, der Gott! Der hört dich nicht!

Wo hat der seine Ohren?!

Bekniest du den? Auf den Knien deines Herzens?

Nein! Den mietest du, den Gott ... und egal welchen.

Der Kopf ist abschraubbar – austauschbar. Das Gesicht schematisch – eine Gummimaske. Der Körper bildbar, genau nach Maß – mäßig kolossal! Kein Gramm zuviel. Der kolossale Schwanz ist anschnallbar – wenn die Natur mit Zoll und Linien geizte – nach deinen Angaben handgefertigt, handkoloriert, handgegossen, aus hautfreundlichem Gummi ...

Warum denn stricken?!

Du mußt nur die Augen schließen – schon hast du deinen «erfindenden Tag», wie ER.

Oder ist's der «aufräumende Tag»?

Zum Teufel mit dem Apoll! In die Latrine. Va t'faire foutre. Le fouteur qui te fout en l'air ... La Jeunesse oder La Tour ... multipliziert mal acht, hoch acht, und nur der Apparat schaut aus dem Vorhang, die Gestalt verhüllt, die äußere Erscheinung ist nicht wichtig. Du vertraust dem Meßband; der Funktionstüchtigkeit: geprüft; den Zahlen.

La Jeunesse kannst du kaufen – oder La Tour. Die brauchst du nicht zu rauben ... wie die verbotenen Kinder, belles comme Vénus, beaux comme l'amour même.

Anstellen kannst du La Jeunesse – oder La Tour. In einem vernünftigen Alter. Zwischen fünfundzwanzig und dreißig. Und nicht mehr so umwerfend schön. Pockennarbig. Mit Toupet. Besagter La Tour, genannt La Jeunesse, ist dein treuer Diener ... und er steht voll hinter dir! Schon knöpft er sich sein Beinkleid auf. Holt seinen Turm hervor. Fummelt daran herum, damit er noch ein bißchen größer wird ... und vor den Mädchen. Gekauften

Mädchen, Dirnen, gekauft, um zuzuschauen, als Publikum gemietet ... du brauchst doch Publikum! Im Grunde bist du Dramatiker. Das Theater, deine alte Liebe! Und ein Theaterskandal um den andern. Ein schöner Skandal, damals in Marseille. Eine schöne Inszenierung! Dein großer Auftritt ... daran erinnerst du dich immer wieder gern. Die stärkste Provokation, die denkbar ist! Der mit dem Tod bestrafte Akt, mit Sprachverbot belegt ... Hören und Sehen vergeht euch! Äffchen! Die obszönste Choreographie, die obszönste Stellung: von hinten ... obszön für die Zuschauerinnen, für die Darsteller diskret ...

Du willst's doch zeigen.

Dein Arsch: ein Tempel!

La Jeunesse salbt den Tempel seiner Lust...

Nein, das ginge viel zu schnell. Viel zu banal! Zuerst schmiert er dich ab. Dienstfertig, gehorsam, die Mädchen hatten sich geweigert – mit einer Pergamentrolle, mit Reißnägeln bestückt! Die weigern sich, die Äffchen? So müssen sie zuschauen, alle vier ... oder waren's acht? Sechzehn? Multiplizierst du schon im Kopf?

Und du zählst die Hiebe, laut, damit sie's hören müssen.

Und für jeden Hieb machst du ein Strichlein an der Wand! Achthundertneunundfünfzig Striche – überm Kaminsims eingeritzt mit einem Messer – in einem kleinen Haus in Marseille – für die Ewigkeit. Damit wir dich bewundern müssen?

Und bis aufs Blut!

So geil, angetörnt von den Bonbons ... dieses Brennen in den Harnwegen, von der Spanischen Fliege, so stark, daß du ständig meinst, du kommst gleich ... während es auch hinten brennt ... derart, daß es nicht gleich kommt ... ein Gleichgewicht zwischen Lust und Schmerz ... und überdies der Reiz des Heldentums ... im Bewußtsein der provokativen Wirkung auf das Publikum ... nichts als Reize ... bis zum Schlußbouquet. Sanft, sehr sanft verglichen mit der Auspeitschung, gleitet La Jeunesse zwischen deine blutverschmierten, rot geschwollnen Hinterbacken, mit der Eichelspitze erst, nicht gleich mit dem ganzen Schaft und bis zum Anschlag, nein: beherrscht, kunstvoll, als wäre er der Star in einem X-rated-blue-movie-soft-porno-video-tape – langsam, um der Kamera Zeit zu lassen für den Schwenk, den Zoom, während er noch immer das Publikum anlächelt, den Regisseur, den Kameramann, die Kamera, die das Lächeln nicht mehr im Objektiv hat, doch das weiß er nicht, kann er gar nicht wissen.

Er nimmt dich. Wie er seine Frau nimmt. Gothon mit dem schönsten Arsch der Welt, deine Schweizer Magd vom Genfersee. Du bist jetzt deine eigne Magd! Du übertreibst ein bißchen, du zappelst, du kreischst, spitz, kurz, hoch – du mußt ja auf der Bühne, da gibt es keine Naheinstellung, keinen Zoom, jeden Ausdruck von Gefühl ein wenig übersteigern, stilisieren, damit der Sinn der Mimik und der Gestik über die Rampe kommt.

Ein Sinn?

Der läßt sich gerne vögeln, der Herr: Hauptmann in königlichen Diensten, Familienvorstand, Comte, alter provenzalischer Hochadel, mit dem Robenadel ehelich verbunden – diese Emporkömmlinge, Parvenus, als wäre Reichtum Adel –, Stellvertreter des Gottkönigs, Inhaber der niederen Gerichtsbarkeit, immun! Du bist immun! Du läßt dich von deinem pockennarbigen Diener ficken, als wärest du sein Knecht, und er der Comte ... aus purer Lust, zum Spaß. Du fürchtest weder Tod noch Teufel! Du kehrst die Machtverhältnisse mutwillig um, in einer momentanen Laune. So mächtig bist du, daß du dir die Revolution im Augenblick des Aktes leisten kannst, des mit dem Tod bestraften Aktes, und vor Zeugen, die du bezahlst für ihre Zeugenschaft. Und dein Diener ist so gehorsam, daß er seinem Herrn bedingungslos folgt in den Tod.

Denn auch der Diener wird verbrannt; zuerst gehenkt und nicht geköpft, ein gewöhnliches Subjekt, kein Herr von Stand, und dann verbrannt und in den Wind gestreut ... als Gliederpuppe nur, als Bild! Auf dem Markt von Aix-en-Provence.

Nein! Du hast La Tour nicht hängen lassen.

Du hast ihn mitgenommen auf die Flucht ... im letzten Augenblick die Röcke raffend, im Priesterrock verkleidet, unter falschem Namen. Bis auf den Vesuv geflüchtet; mit verbrannten Schühchen und bis zum Kragen in der glühend heißen schwarzen Asche.
Genug gesehen.
Arkadien? Gewesen! Längst gewesen!
Was will auch *der* noch ...
Flüchten?
Mein Gott – flüchten!
Von Furien verfolgt, bis in den Tempelhain. Über den Grat der Grenze, jene Wasserscheide, den Alpenkamm, hinweg bis in den Orangenbaum von Taormina flüchten? Von stacheligem Gestrüpp umgeben. Die Füße wenige Zoll überm Boden. Im verwilderten Geäst ein wenig träumen? Von Odysseus, diesem Wanderer – oder Flüchtling? Vor sich das Meer. Und der Vulkan ist fern. Im Rücken das griechische Theater. Masken, stilisierter Ausdruck, gemessene Gestik: heiliges Spiel!
Szenenwechsel!

Eine Kleinstadt. In die sanft gewellte Landschaft eingebettet, zwischen Wäldern, auf der Sonnenseite eines Hügels, jenes Ettersberges, berüchtigt für sein rauhes Klima und sein schlechtes Holz. Im Sommer mag es schön sein – wie Landstädte im Sommer eben schön sind, reinlich, still, mit schmucken Gärtchen –, in dem kleinen Fluß kann man schwimmen, und das Land greift mit den Saftwiesen bis in die Stadt hinein. Im Herbst und Winter ist es düster hier; Nebelschwaden unter verhangnem Himmel, grau und trist. Kein Ort, den man sich aussucht zum Leben. Provinziell. Sechstausend Einwohner. Fußdistanzen. Da kann man keinen Schritt tun, ungesehen. Alle häuslichen Verhältnisse werden ruchbar. Vom Frauenplan zur Seifengasse? Zum Gartenhaus? Eine gute Viertelstunde, wenn man zielbewußt geht, eine halbe, wenn man träumt. Der Ilm entlang, die Ilmwiesen, und man trüge im Kopf diese Gestalten, hätte die Odyssee gelesen, die Ilias im Original – und wäre familiär mit den Verhältnissen der Götter, als wären's Hofgeschichten. Götter mit Leidenschaften, sich einmischend ins Menschliche, so daß die Grenze zwischen Mensch und Gott verschwimmt: Halbgötter, Helden, Menschen, ins Mythische gesteigert, ins Beispielhafte. Zwischen der Seifengasse und dem Frauenplan, dem Frauenplan und den Ilmwiesen ausgebrütet, an erfindenden Tagen. Und man hätte nur den rechten Bühnenraum noch nicht gefunden, die angemessene Bühnensprache nicht.

Gute Erfindung, Iphigenie! Die Priesterin, die den archaischen Brauch des Menschenopfers überwindet, den barbarischen Herrscher besänftigt, ohne ihre Unschuld zu verlieren, die mit Vernunft und Überzeugungskraft Fürsprache einlegt für die Fremden, selber fremd – wichtig in engen kleinstädtischen Verhältnissen – und so die Heimkehr möglich macht, ohne List, ohne Betrug. Ein Stück Heimkehr letztlich. Eine Familienzusammenführung. Konzipiert als Trauerspiel längst, zwischen Ilm und Seifengasse. Und es wäre die Überwindung des Bösen? Gedacht als Lehrstück. Ungeformt noch, so prosaisch ... man müßte es überhöhen, steigern, marmorn formen ... Nein! die Bösen gibt es nicht! Die sind schon tot, bevor das Stück beginnt. Und Orest ist eigentlich kein Mörder, dieser Muttermord ist ins fast Metaphysische verwandelt, ins Inner-Seelische ... man müßte jene Marmortempel sehn! Im Licht, das gleißt, das blendet! tötet! und das Meer – das Meer müßte man sehen! das gleichgültig verschlingende! zerschmetternde! das Meer! – der allgegenwärtige Außenraum, auf den alles Geschehen sich bezieht. Dort kommen die Wandrer her, dorthin verschwinden die Flüchtlinge wieder, nachdem sie gestaltete Figur geworden sind – dort, jenseits des Horizontes, der den Schwindel der Grenzenlosigkeit erregt, dort ist das Schreckliche geschehen. Das Menschliche geschieht auf Inseln. Im Tempelhain. Dem Bühnenraum.

Insel geformten Gesprächs.

Eine Insel – Weimar?

Und man wäre selbst ein wenig Odysseus, von einer Insel zu der andern flüchtend, von der Zauberin zu der Königstochter, bis man endlich heimkehrt; ein wenig Orest ... flüchten! flüchten! womöglich im Morgengrauen! bis ins Gebirge flüchten! auf jenen Gebirgsgrat flüchten, die Wasserscheide zwischen Nord und Süd, und – umkehren! Im richtigen Moment ...

Verbindungen werden unauflöslich – in jedem geschlossenen System, in jeder Kleinstadt; schicksalshaft, fast wie ein Astrogramm...

Da ist die Sonne – Muttergestirn, Hohepriesterin, und ihr Tempel liegt gleich um die Ecke, an der Seifengasse. Da ist der Mond, ein abgeklärtes Leuchten, die gute Herzogin im Hintergrund. Denn da ist Jupiter! – im Vordergrund – der Herrscher, aber kein Despot. Und da haben wir noch Venus, in dem Sternbild der Beziehungskräfte, einen Merkur ... nicht zu reden von all jenen, die angezogen von dieser Konstellation von Himmelskörpern, später in das Gravitationsfeld kamen ...

Ein Magnetfeld, Zentrum der Künste und der Wissenschaften, Musterbeispiel ihrer idealen Verbindung mit der Staatskunst, und auf engstem Raum. Residenzstadt eines kleinen, mustergültigen Fürstentums. Ein wohlgeordnetes Gemeines Wesen. Aufgeklärt feudal. Abseits der großen Politik...

Ein Freiraum! Beziehungsnetz, Geistesnest.

Warum denn flüchten?

Hat man nicht mitgeholfen, dies zu schaffen und zu ordnen? Als zweiter Mann im Staat ... nicht kraft Geburt, nicht einmal Beamtenadel ... Nein! Geistes-Adel! Nicht in der ordentlichen Laufbahn, dieser Karriereleiter, von Rang zu Rang, von Besoldungsstufe zu Besoldungsstufe abverdient, Stufentritt um Tritt nach oben ... nein! gleich oben hingesetzt! den andern vor die Nase! in den Geheimen Rat, das Macht-Zentrum – aufgrund des persönlichen Vertrauens des Regenten, eines Jünglings noch zur Zeit jener Berufung, eben erst regimentsfähig geworden: seine erste Tat als Fürst – aus Neigung und Voraussicht – kühn!

Bei dem sonderbaren Ruf...

Götz von Berlichingen!

Und das Selbstmordbuch.

Eine Selbstmordwelle – wie die Lemminge –

die Samtknaben!

Da hängt es, das Kostüm. Neben dem dunklen Rock des Staatsministers, mit den beiden schweren Sternen auf der Brust, den Orden. Hinter Glas. Im Durchgang zwischen den herrschaftlichen Empfangsräumen vorn, den klösterlichen Arbeitsräumen hinten.

Samten, blau-gelb. Heiter ... nicht vom Blut verschmiert, von Tränen dieser Verzweiflungstäter nicht befleckt. Sein Markenzeichen. Zeichen seines frühen Ruhms. Sein Samtkostüm – in dem er zum erstenmal auf jenem Grat der Grenze stand, bereit zur Flucht nach Süden.

Ein Kultbuch. Spät erst hast du es gelesen ... als neidetest du's ihm? Seinen Ruhm? Den Ruf? ... Schon gegen vierzig warst du, wie ich auch, und kein Samtknabe mehr. Nein! Der war tot in dir. Wie in mir. Längst abgetötet – hingerichtet in effigie – ein schönes Bild! Der Samtknabe in dir: so zart wie Mozart, um die zwanzig; weich, zu weich! kaputt! entstellt! enthauptet und verbrannt und in den Wind gestreut ... wo ist es denn? ... das Bild? ... das Buch! ... du hast es doch gelesen! ... eigentlich hast du von ihm nur dieses lesen können ... und nicht gleich bei Erscheinen, denn da warst du auf der Flucht! Nach jenem Fick, der mit dem Tod bestraft wird ... nach irgendeinem falschen Fick ... wen eigentlich interessieren, frage ich mich, deine alten Fickgeschichten noch? Dich selbst? Längst hast du bessere im Kopf! Ins Mythische gesteigert, und hoch acht! ... Skandalgeschichtchen, vergleichsweise ... nach irgendeiner Skandalgeschichte also ... weißt du noch welche? Soviele Skandalgeschichten! Die wirst du nie mehr los! Bei deinem Ruf! ... Vor deinem Ruf geflüchtet, unter falschem Namen ... im letzten Augenblick! Derart hektisch, derart spät, daß der falsche Priesterrock, hört man, sich in der Tür verklemmte. Unvorbereitet – naturgemäß. Keine Zeit – für Kultbücher! Im Gepäck nicht einmal genug Geld! Aber neugierig – auf Skandalgeschichten. Die Skandalgeschichten hinter den Palastmauern von Florenz, die Intrigen der Kurie im Vatikan. Unter Lebensgefährdung befreundeter Personen, hört man, hast du Geheimdokumente stehlen lassen aus der Bibliothek! – Gierig! auf Abtreibungsrezepte, Giftmordrezepte, Kreuzigungen; nichts als Kreuzigungen, hört man, hättest du gesehen und dich gefragt, ob das Modell im Atelier tatsächlich gekreuzigt war, vom Künstler eigenhändig, damit die Kreuzigung wahr wäre, und ob Tizian die Magd, die er so liebevoll gemalt, tatsächlich im Haushalt und im Bett gebraucht, für Bett und Tisch, als Bett und Tisch, ein Mehrzweckmöbelstück, und nichts als Möbelstücke wären es! Und lebend! Und die Fleischmärkte natürlich! Die Schlachthöfe! Blut! Neugierig auf diesen Höllenbrudel – dort warst du! am Rand des Höllenbrudels! Warst dort, wo der Samtknabe auf seinem Grat – fern hinterm Horizont – hinguckt in dem Augenblick. Und er sähe ein Räuchlein? Und das Räuchlein kündete von dir? Und er wendete sich ab? Während du dich nicht abwenden kannst! Am Kraterrand. Und mit verbrannten Schuhen. Und bis zum Kragen in der Asche! Und der Samtknabe kehrt um. Kehrt heim in eine Liebesgeschichte! Und du kannst nicht! nie mehr umkehren! in keine Liebe!

Nein. Aus jener Liebesgeschichte zwischen dem Samtknaben und dem halbwüchsigen Mädchen wird ja nichts. Vor der Geliebten flüchtet er noch einmal, Flucht-Pirouetten über trüber Tiefe – bis ihn die Reiter seines Fürsten holen – und du kannst nicht! Foutredieu! Und wo ist er jetzt, dein Werther?

Es grämt dich doch!

Das Falsche weggeworfen? In die Latrine? In den Ofen, so daß der derart qualmt? In den Schrank? Zwischen andere verworfne Manuskripte...

Denkbar immerhin! Der falsche Priester und der falsche Werther auf dem Vesuv, im Dampf aus den Erdrissen, im Aschenregen von oben, während es aus dem Erdinnern brodelnd grollt, und beide zählen: bis es kommt. Denn man kann zählen, wenn man den Rhythmus kennt. Und bei aller Neugier – aller Gier – du vergißt das Zählen nie! – duckst dich rechtzeitig in die Vulkanasche, bevor es ringsum klappert von den großen Brocken, klimpert von den kleinen Bröckchen, hochgeschleudert aus den Eingeweiden des Erdinnern. An Steinigung gewöhnt. Du Sodomit. Geübt im Umgang mit Naturgewalten. Kein Umgang für den Knaben! Der dort am Kraterrand kniet und nicht weiß, was er in Händen hält, noch nicht. Keine Ähnlichkeit mit einer Urgesteinsart sieht – nichts als Klumpen – und unten in der trübsten Tiefe glüht's aus allen Spalten, rot glüht's, flüssig, und kein Boden dort, nur Dampf... der Knabe wäre dir womöglich in den Kraterschlund getaumelt... bei dem Hang zum Schwindel... bei dem sehnenden Blick in die Ferne, noch nicht gefaßt, verwundert... wenn es plötzlich aus der Tiefe kommt! Wenn du dein Haupt erhoben hättest, plötzlich, aus der Asche! diesen blanken Schädel eines Kirchenvaters, nach Gallscher Phrenologie, mit diesem starren Grinsen... noch nicht reif, der Knabe, sage ich, für diesen kühnen Blick, ohne Abschweifung, direkt ins Tiefe – wo die Urmütter sind. Und du? Noch gar kein Schädel! Löckchen, Zöpfchen, und gepudert! Im Kopf Skandalgeschichten, und der Kummer um die Schühchen – die sind dir wichtig! Auf der Flucht vor jenem reinigenden Feuer.

Nicht reif noch, sage ich, für jenes große Hohngelächter, das die Steinigung aus dem Erdinnern übertönt und den Knaben rücklings in den Schlund geschleudert hätte... nackt natürlich.

Gefesselt. Mißbraucht. Und das Samtkostüm hättest du ihm hinterhergeschleudert. Und der Berg hätte noch einmal dumpf gegrollt.

Nein, noch warst du nicht reif für *diese* Szene. Er noch nicht reif für *diese* Flucht.

Höflichkeiten denkbar bestenfalls! Artigkeiten, auf französisch, in einem neapolitanischen Museum, inkognito, zwischen Marmormenschen.

So bleibt dir nur das Buch. Und du könntest es nicht finden? Denn es wäre ... konfisziert? verbrannt? beseitigt? Von der schwiegermütterlichen Hand zerrissen, in den Wind gestreut? Es grämt dich ... ein Skandalbuch immerhin! verbotnes Buch! Man müßte es wieder lesen! ... um ihn zu packen, am Samtschoß, den Knaben: Liebe oder Tod? Skandalthemen! ein Skandalautor! Natürlich hast du es gelesen ... wer hätte es nicht gelesen ... sogar der Kaiser, dieser ***, und mit kritischer Zustimmung, hört man, und nur weil der gebildete Despot, dieser ***, darin natürlich seinen Rousseau wiederfand, und in Rousseaus allgegenwärtig erzieherischem Blick das Modell für seinen Überwachungsstaat, dieses Gefängnis! ... Foutredieu!

Du hattest deinen Rousseau gleich erkannt. Ein Gegenentwurf – hört man – soll es sein? Und es gäbe keinen Pakt mit der Gesellschaft? Und es klaffte da ein Abgrund, zwischen dem Samtknaben auf dem Gebirgsgrat und den

Menschen in begrenzter Talschaft, zwischen den Menschen in den Städten und der sogenannt freien Natur, und es wäre nicht natürlich?

Abgründe?

Landleben. Brunnenrauschen. Kinderhorden. Krautköpfe, selbstgezogene, biologisch. Und mit Herz! Viel Herz. Herzschmerz, Herztränen. Herzblut. Herztöne... Nein! Fürze! als Gegenentwurf gegen das Herz... ein Hohlmuskel! Man muß es immer wieder sagen! Und an der rosa Samtschleife aufgeknöpft, das Herzchen...

...und das setzt du dir gleich auf die Nase, und da bist du nur noch Zungenspitze, denn das wäre fünfzehn, ein kleines Mädchen, belle comme Vénus, ein kleiner Sekretär, plus beau que l'amour même, und du befingerst das Geschlecht, und egal welches, bis es den Verstand verliert, das bißchen kindlichen Verstand! mit so viel Mühe und Liebe von dem strengen Blick erzogen!, da streckst du deine Zunge raus! und weit hinein und wieder raus und...

Keine Fickgeschichten bitte!

Von Leidenschaften will der reden, von Wahnsinn, Taumel... Wegen Lottchen? mit der rosa Schleife? Die Stelle ist tatsächlich angestrichen! Und von deiner eignen Hand... als wäre sie – beinahe! – von dir: «Mir untergräbt das Herz die verzehrende Kraft, die in dem All der Natur verborgen liegt, die nichts gebildet hat, das nicht seinen Nachbar, nicht sich selbst zerstörte. Und so taumle ich beängstigt. Himmel und Erde und ihre webenden Kräfte um mich her: ich sehe nichts als ein ewig verschlingendes, ewig wiederkäuendes Ungeheuer...»

Beängstigend. Zuviel für den Samtknaben auf seinem Grat, so daß der flüchtet, und nicht zu einem halbwüchsigen Kind – nein! zu der Hohepriesterin, die mit geschwisterlichen Händen den Wahn von diesen Augen nimmt, den Taumel, der ihn über jede Grenze fortgetrieben hätte ... in eine unbestimmte Ferne, die noch nicht bevölkert wäre mit unzerstörbar schönen Marmormenschen ... sondern mit Ungeheuern, mit Janusköpfen, Medusenhäuptern ... mit Sphinxen, ungeschlachten Riesen ... mit Kinderfressern, Mutterschändern, Vatermördern ... und die Odyssee wäre nur manische Psychose ... panische Flucht ... von Furien verfolgt ... Nein! nicht ins Abseits! Ins Machtzentrum. In den Pakt. Dem Ruf folgend. Dem beßren Ruf! damit man nicht mehr draußen bleiben muß, auf ewig Außenseiter, verjagt aus der Gemeinschaft.

Und das Lottchen wäre gar kein Ungeheuer? das Kinderhorden produziert, Samtknaben verschlingt und ewig wiederkäut, im Innersten der Erde, zerfressen von Geschwüren, zerrissen von Zyklopenschwänzen ... und es wäre gar kein Lottchen, nur ein Kern, der mächtig glüht ... und die Glut wäre derart verzehrend

... daß all die Samtknaben, erfaßt vom Schrekken, gepackt vom Schwindel, diesem Sog ... daß noch der letzte samtweiche Knabe, mit weit offnen Augen ... von keiner priesterlich-geschwisterlichen Hand geheilt ... derart, daß sie alle, all die Plüschmädchen mit ihren Teddies, ihren Gummibärchen – nein: alle! – und es wären keine Marmormenschen, denn sie wären nicht aus Stein! – ja, wäre es denn möglich?, statt zu flüchten, wenn man doch nicht flüchten kann, wäre es möglich, sage ich, daß all die Ungeheuer, kaum hätten sie das Buch, das noch zu schreiben wäre, weggelegt...

Aus dem Fenster. Vom Dach des Empire State Building. Vom Wasserturm, vom Kirchturm, von der Brücke. Am nächsten Dachbalken. Doch wo gibt es in diesen modernen Wohnzellen noch Dachbalken. An den Alleebäumen also. Die Zimmerwände mit den eignen grauen Zellen tapeziert. Den Mund voll Wasser – das ist wichtig. Zyankali, kombiniert mit Opium (gegen die Krämpfe). Auch Digitalis ist gar nicht mehr leicht zu haben – und nicht sicher. Alle Barbiturate in den Apotheken ausverkauft! Es müssen Barbiturate sein, mit Tranquilizern der Diazepam-Klasse geht es nicht. Tollkirschen schlucken. Gänseblümchen fressen – Hahnenfußplantagen abgrasen – in der Verzweiflung. Vom Bahnsteig der Untergrundbahn kippen, reihenweise. In den Tiber, von der Engelsbrücke – und trinken! trinken! Methyl-Alkohol. WC-Reiniger. Den Plastiksack über den Kopf gestülpt und zugeschnürt. In der eignen Badewanne – natürlich, in der Badewanne – ertrinken. Den Kopf im Lavabo. In der Kloschüssel – und spülen! In der eigenen Garage, bei laufendem Motor, vergleichsweise einfach, schmerzlos und todsicher. Wenn man einen Wagen hat! Mit Benzin übergießen, anzünden. Die Pulsadern, die Halsschlagader, oder kunstvoll: Harakiri. Der Gashahn – Erdgas! – Fenster abdichten, Streichholz anzünden, den Mitbewohnern, diesen Mitlesern, die Entscheidung abgenommen... eine Epidemie... eine Pandemie... ein Buch wie eine letzte große Seuche... das letzte Kultbuch, in alle Kultursprachen übersetzt, und die Übersetzer würden sogleich, nachdem der letzte Satz ihrer Übersetzung im Computer... verhungern. In der Zimmerecke hocken bleiben, kauernd, wie gelähmt, dreißig Tage lang und länger... sensible, sanfte Menschen, Übersetzer. Und die Kritiker würden, nachdem sie den letzten Satz ihrer Kritik in den Computer... nur noch Deltasegeln. Autorennen fahren, Formel eins. Achttausender besteigen, ohne Sauerstoffmaske. Abenteuerferien machen! Extremtouren! Extremjournalismus! Nur noch Kriegsberichterstattung, und an vorderster Front. Mit Heroin? mit Kokain? mit Crack? mit Angel Dust? Russisches Roulette? Sperma schlucken, und einer der Schwänze müßte geladen sein! Die trauen sich doch nicht, die Kritiker, von den Buchhändlern nicht zu reden. Nicht reden von den Buchhändlern, bitte! Die Buchhändler würden, nachdem sie das letzte Exemplar des Buchs der Bücher... ausverkauft! keine Buchhändler mehr!... und die Verleger würden, nachdem sie einander ge-

genseitig durch mörderische Übernahmeaktionen, durch Insidergeschäfte, Börsenkrachs liquidiert, durch Briefbomben in die Luft gesprengt, zu vergifteten Banketten eingeladen, anläßlich der letzten Buchmesse für das Buch der Bücher — eine schwarze Messe für das Buch! — ein Requiem für den letzten, siegreichen Verleger? der sich, und womöglich einzig mit Champagner... bis seine Leber sich wie ein Stück Zucker auflöst... wer vermöchte da das letzte Requiem zu schreiben?!

Ein Requiem?

Nein. Kein Nachruf auf die Samtknaben! Und keine Tränen... keine Tränen, bitte! noch im letzten Absatz Tränen?! Nein. Son éloge etc. pp. — und abgebucht. Nur Zahlen. Eine Bilanz am Ende. Und nichts bliebe übrig. Kein Gefühl. Keine Trauer, keine Wut, kein Mitleid, kein Erbarmen und kein Haß, nicht einmal Haß. Und nichts wäre noch zu sagen möglich... nichts mehr zu empfinden... ein Buch wie eine Totalanästhesie, mit dem unwiderstehlichen Sog einer Narkose, aber langsam!, ein spiralförmiger Sog nach innen, von den Rändern her, den Zehenspitzen, allmählich die Füße hochkriechend, wie das Gift des Schierlings, der Petersilie botanisch nah verwandt. Ein Buch wie Hundspetersilie — das ist es doch? — ein Hundskraut! das seinem inneren genetischen Plan gemäß wächst, wuchert, um der Natur gemäß am Ende abzusterben... wachsen, um zu sterben

... wenn man sich nicht an dem Kraut vergreift! Sonst ist es gewachsen, um zu töten, der Natur gemäß. Ein Buch, das wäre wie die Natur. Gefühllos, der Notwendigkeit gehorchend, ohne Gnade. Aus dem *Nicht* entstanden – einer verwerfenden Bewegung – nichts wäre gewesen vorher, wie vor dem Urknall – und ein bißchen später wieder nichts ... ein Buch, das wäre wie der Urknall. Ein Raum, der sich ausdehnt bis an den Rand des Raumes und wieder in sich zusammenstürzt ... bis zum nächsten Urknall, endlos, eine pulsierende Bewegung, in dem Nichts ringsum, eine erschaffende Bewegung, um das Erschaffene von neuem zu verwerfen ... endlos, sage ich ... denn in einem Buch ist es ja nicht zu schaffen.

Eine Büchersintflut also – ein Endlosbuch, Endlosband, das wächst – eine endlose Banderei, denn bander heißt ja spannen – eine Wichserei? Pornographie?

Nein. ... Ein Buch, das wäre wie ein Kerker. Eine Oubliette. Und da sitzt du! der letzte, übriggebliebene Täter – der Autor –, und dort wäre es! Dort, neben deinem Rousseau, deinem Werther – in dem phallusförmigen Lederetui wäre es, in dieser behelfsmäßigen Prothese, aufgerollt, versteckt ... dein Endlosband! Warum holst du's denn nicht herunter und rollst es auf?

Noch ist es dir ja nicht gelungen. Noch muß es von Fehlern nur so wimmeln! Und es muß doch ohne Fehl und Tadel sein. Da darf man sich nicht fragen, warum schreibt der dies, nicht das ... warum schreibt der schon wieder! Vermeiden Sie die Wiederholung! ... ja, wann wird der endlich ... Verraten Sie nicht schon zuviel! Zuviel haben Sie vom Arschficken geredet! Korrigieren sie's!

Ja – Wer?

Mit wem reden Sie da eigentlich, vom Ficken, in der Höflichkeitsform – Sie?!

Du! – nur noch vom Ficken reden! Bis alles abgefuckt ist! Zuletzt auch die Sprache.

Aufgerissen, gehäutet und geschunden.

Die Nervenbahnen freigelegt und ausgepeitscht. Die Muskelschichten. Schicht um Schicht. Bis auf die Knochen. Ausgebleicht. Der nackte Schädel ... die Gesichtshaut abgezogen mit den Fingernägeln. An den Haaren aufgehängt. Skalpiert.

Und da sitzt du! da! da! da! ... und starrst aus leeren Augenhöhlen ... und ringsum wäre nur Vernichtung?

Nein. Opfer haben dich nie interessiert. Nur als Material der Tat, aus Liebe zu den Tätern.

Vom Wachsen der Täter träumst du, an der Tat. Täter, schön wie Panther oder Tiger, Geparden oder Leoparden, und im Lauf, im Sprung. Von Himmelskörpern träumst du, die sich auf die Erde stürzen. Vom Taumel der Kometen, mit dem Kopf aus Eis, dem überlangen Schweif, die sich zeigen und Entsetzen säen, bevor sie sich im tiefen Raum verlieren. Von der Ekstase des Schreckens. Vom Schwindel jenes Täters, der unangreifbar eingebunkert vor dem Knopf sitzt, dem berühmten, im Augenblick, da er die Kettenreaktion auslöst. Täter, die wie explodierende Sonnen wären – Teufel, schön wie die Liebe selbst! – fünfzehnjährig, nackt, die in die Sonne springen – Fußball spielen mit dem Mond – mit den Planeten! – Täter, die das Urlicht löschen!

Träumer! Brüter, schnelle, die den Tod ausbrüten – –

Träumen wie der Täter vor der Tat? Taumeln? Dieser Schwindel des Täters vor der Tat!

Was machst du eigentlich?

Du frißt Pralinen, eine nach der andern. Du erstellst eine Liste der Schnäpse, die du goutiert hast – und die du nicht goutiert hast! Ganz und gar nicht! Eine Art Guide Michelin, gnadenlos. Du säufst aus kleinen Gläschen Schnäpse, einen nach dem andern, bis du speist vor Wut. Ausgerechnet Schnäpse! Das ist doch ungesund. Du tobst. Wegen dem Ofen, der bloß raucht statt wärmt. Du ohrfeigst deinen Kerkermeister. Nein, der besucht dich nicht mehr. Jetzt mußt du selber putzen. Und der Besen verliert seine Borsten! Und jetzt tobst du, mit dem Besen, gegen diesen Staub! Und das wirbelt nur Staub auf! Und der Staubsauger ist noch nicht erfunden! gegen diese Motten! gegen die Fliegen!

Und wegen diesem Buch, das du bestellt hast – und wo ist es jetzt? Dein Holbach! – und der wäre verboten? – Dein Werther! – und der wäre in der Latrine? – Die Iphigenie! – und die wäre im Mottenschrank? Du kramst in deinen Kerkerschränken – und du fändest nichts als ... Goethe?! noch ein Goethe, und noch einer?! Womöglich die Tagebücher, ausgerechnet Goethes Tagebücher, muß das sein ...

Du starrst. Auf deinem Rundkissen hockend – hohl in der Mitte, wegen der Hämorrhoiden. Schmerzverzerrt. Zu jenem Ding dort starrst du, im Gestell. Wenn das nur losginge ... herunterholen? die Phiole? ... zünden! ... wenn das ins Schwarze träfe! ... wenn das sein Ziel zerrisse ... wenn das nur ja nicht wieder losgeht ... wenn's nur losginge! der Schuß! wie eine Kanonenkugel, die im Innern langsam wächst, während auch der Druck wächst ... es zerreißt dich ja ... es zerreißt die Samenstränge, deinen Körper, deinen Kerker ... in den Arsch damit! ... damit es losgeht?! ... nein! damit's nicht loszugehen braucht ... nur ein bißchen spreizen, die Vorsteherdrüse reizen, schmerzlos und systematisch, zweimal täglich, eine kleine Illusion, mit Hilfe einer Prothese, eines sogenannten Realistic Cock®, eines Gode personnalisé, plus vrai que vrai – plus vrai que la nature même! – und bis zum wirklichen Analorgasmus, denn das ist entspannend. Therapeutisch. Um danach wieder brav und ruhig zu ... stricken?!

Wunsch nach Wirkung! Übermäßig!

Angst, dich zu verlieren, und wenn wir uns selber fehlen, so fehlt uns doch alles ... Angst, bei diesem Sehnen, am Busen der Natur, wonach?, das Gehirn dir zu verbrennen, Angst vor dem Bildnis jenes Samtknaben auf dem Ruhebett, der innerlich verblutet, und es hülfen alle Tränen nichts –

Der Wunsch nun, nach dem Sturm, dem Drang der frühen Jahre, das samtene Kostüm des Knaben abzustreifen und sich als *Mann* zu prüfen an der Wirklichkeit.

Denn am Anfang war die Tat!

Du hättest plötzlich keine Zeit mehr – für das böse Brüten. Denn dein Tag wäre verplant. Eingeteilt in Stunden. Und jede Stunde eine Tat! Die vielen Stunden, da du Besuch empfängst, empfangen wirst bei Hof, Höflichkeiten austauschst, an Höflichkeiten teilnimmst, Hazz Ritt Tanz Spiel, und es wäre nicht Zerstreuung nur. Nein! Teilnahme an allem Menschlichen und in Gemeinschaft. Die vielen Stunden, da du zuhörst, geduldig, sprichst, überlegst, diktierst! – Kein Tag verginge, und du hättest niemanden gesprochen; niemanden gesehn; nur Dinge, im halben Dunkel, Ungeziefer!, Motten!, Bücher!, Staub! – sei still jetzt! – ruhiggestellt! Das Ohr lauschend an die Wand gepreßt. Nicht *einen* Tag lang, keine Stunde – niemanden gehört? Nichts?! Nicht einmal jenes reizende Klingeln von Bettfedern, wie Glöckchen, die von den Taten andrer künden – nichts!! – nur deine eigne Stimme, derart, daß du nicht mehr weißt, wie laut du mit dir selber sprichst, ob du tonlos flüsterst oder schreist. Nein! Keine Stunde ginge dir verloren mit Geschrei, das niemand hört, mit leerer Rede, leeren Worten. Deine Worte wären Taten! Deine Rede hätte Folgen! Du müßtest um deine Einsamkeit, um dieses Selbstgespräch – und dein Selbstgespräch wäre ein Hadern mit dir selbst, ein Ringen um das Gehörige, um Zucht –, beinahe kämpfen.

Um die Einsamkeit? Die Stille? Diese Melancholie?

Eine Melancholikerin, sagt man – kränkelnde Sonne, von Verfinsterung bedroht – verheiratet mit einem lieblosen Stallmeister, hört man. Unbefriedigt. Derart, daß sie, du siehst's auf dieser Zeichnung, wie im Schlaf mit halboffnem Mund und offnen Augen, die ins Nichts gerichtet sind, nach einem Mann sich sehnt – sich selber zeichnend, also sich selbst beobachtend bei dem Sehnen. Und plötzlich gerietest du in dieses Blickfeld, von den Reitern deines Fürsten hergeholt, und wärst nun ein Objekt der Sehnsucht? Und sie wäre dein Objekt des Sehnens? Ein Objekt?!

Eine herrliche Seele – liest man – ist die Frau von Stein. Eine geschwisterliche Seele; die sich nach dem Bruder sehnt, der sich nach der verlornen Schwester sehnt, und so wäre es denn ... inzestuös! strafbare Lust! ins Seelische gesteigert! gesteigert inzestuös! gesteigert strafbar!

Was fällt dir ein! – Wo denkst du hin!

Lust? Schau dieses Kleid ... Priesterlicher, und auf klassische Art, könnte dies Faltenkleid nicht sein ... als hätte sie sich selber in der Rolle schon gesehen ... als hätte sie diese Rolle dankbar angenommen, sofort ... und: mit bebenden Nasenflügeln. Vor Erregung bebend? Verhaltene Erregung? Nachdem das Schicksal ihr bekannt – und alles ist ihr schicksalhaft! Und alles Niedrige ist überwunden! Und alles Begehren ist – Verzicht! Zum Verzicht bereit. Zur Annahme des Schicksals. Bereit! Alle Entschlüsse sind gereift, gefaßt ... Iphigenie im Tempelhain! Und du wärest also ihr Orest. Von Furien verfolgt, vom Wahn verblendet, mit knapper Not dem Sumpf entkommen, in fremdem Land gestrandet, wo kein Mensch französisch spricht, ohne Geld, im falschen Rock, den Saum versengt und mit verbrannten Sohlen, und sie würde dich mit ihren sanften Händen von aller Schuld, von all der Raserei erlösen? Besänftigen? Mäßigen, dich? Willst du's denn? Kannst du dir's einen Augenblick lang denken, bitte? Einen Augenblick lang! Und du säßest auf jener Bank in einem heißen provenzalischen August, in einer Atempause zwischen Kerkerhaft und wieder Haft, und natürlich heim geflüchtet, nicht ins Ausland, und du würdest beichten, nachdenklich geworden, eine Selbstkritik, Rückschau und Vorschau, gute Vorsätze. Und neben dir, auf jener Bank im Schloßpark von Lacoste, hoch überm Dorf, geschützt von Mauern, dem fremden Blick entzogen, säße nicht jenes Fräulein Rousset – philosophisch hochgebildet, häßlich, uneitel, ironisch, illusionslos, unterm flachen Busen schon die Todeskrankheit in der Lunge – Milli Rousset, deren Briefe dir im Knast das platonische Seelengefieder sprießen ließen; Milli Rousset, die schon Blut spuckend in deinem unheizbaren Schloß, durch das der Wind der Weltgeschichte ging, auf einem Feldbett ausharrte, um für dich zu retten, was nicht mehr zu retten war ... Nicht Milli Rousset! Vergiß die! ... nein, jene schöne Seele säße neben dir auf jener Bank; und du würdest ihr nun beichten ... Du? Und der? Noch bist du nicht ganz blind ... Nur eine schöne Seele? Und es wäre nichts als Händchen halten – auf jener Bank? – in dieser Grotte! und den Namen mit der Schuhspitze in den Staub geschrieben, und die Initiale in die Höhlenwand geschnitten ... schattenhaft ... in jener

Lust-Grotte an der Ilm, wo die Initiale zeugt von einem andern Leben ... von der Schatten-Haft verwandter Seelen, die aus der Höhle auferstehen ... und so wäre es denn ... Seelenwanderung: ums nächste Straßeneck. Spät nachts. Nach einem von Geschäften ganz erdrückten Tag. Und die Seele, von dem Druck entlastet, spielte freier ... und es wäre wie ... Schlafwandel? spielender Seelen? Kannst du dir's denken? Schlafwandlerin, die! Und du müßtest sie nur auffangen, die Schlafwandlerin? Und sie würde, mit halboffnem Mund, bebenden Nasenflügeln, offnen Augen, ohne zu sehen, was sie tut, als Hohepriesterin der Initiation, beinah geschwisterlich, dir das samtene Kostüm mit ihren mutmaßlich sehr weißen Händen ... aufknöpfen? abknöpfen? abstreifen? Endlich ... oder doch nur wieder streicheln ... Träumen? Mit über dreißig?! Du?!
 Unerträglich! Unerträglich!
 Nein. Du hättest keine Zeit zu träumen.

Stundenlange Sitzungen. Die Sitzung der Wegbaukommission, der Bergbaukommission, der Theaterkommission, der Bibliothekskommission, der Kunstkommission, der Steuerkommission, der Kriegskommission; das Geheime Consilium, das viel zu lange dauert! Denn der Fürst, dein Junge, hört man, spricht zuviel! zu vieles spricht er aus, als wolle er gleich *alles* sagen. Das ist nicht klug, bei dem fatalen Humor des Kanzlers. Kein Humor, nur schlechte Laune. Und der Präsident, der spricht und spricht; und redet sich in Rage, und gießt mit jedem Satz nur Öl ins Feuer. Und so müßtest du, nach dem Geheimen Rat, der viel zu lange schon gedauert hat, in einer noch geheimeren Beratung, einem Privatim, deinem Fürsten, diesem polternden Jungen, deinem schwatzhaften Zögling ... Ökonomie beibringen? Sparsamkeit in allen Dingen? Mäßigung?

Ausgerechnet du?

Und so wäre es beinah wie im Märchen.

Denn du hättest plötzlich Macht! Macht über einen Mächtigen.

Du müßtest eine Feuerordnung machen; denn da brennt's doch ständig, bei all den Sachen, die sich leicht entzünden, dem Holz, dem Stroh, dem offnen Feuer in den Hütten, der Gärung im Heustadel, das entzündet sich geradezu von selbst, und so müßtest du dich sachkundig machen über den chemischen Prozeß der Gärung; über den Vorgang einer großen Brunst, vor Ort, mit brennenden Füßen im verbrannten Elend, um die Ideen deiner Feuerordnung zu überprüfen an der Wirklichkeit – ein lichterloher Brand: die Wirklichkeit! Ganze Tage gehen dir in Rauch auf; gebraten und gesotten, du! – kaltblütig in der Feuersbrunst, bis dir das Elend eines abgebrannten Heimet so alltäglich wäre wie ein gemütliches Kaminfeuer zu Haus –

Denn schon wieder, hört man, ward ihm ein gewaltsam Feuer zu Apolda in der Nacht –
So laß Er es doch brennen, in Apolda, Tag und Nacht! – Und das Elend wäre nicht nur alltäglich, sondern am Ende wärest du ein Gott, der lacht? Wenn Funken sprühen, Dachbalken krachend bersten, wenn die Fensterscheiben klöpfend splittern von dem Druck der Hitze, wenn im Flammensturm bei offnen Fenstern die Silhouetten lichterloher Menschen mit gesträubten Haaren wie an Marionettenfäden tanzen – tanzen in dem Sturm! Bis das Feuer dich versengt, verzehrt!

Kein Gott. Feuerwehrkommandant ist er. Kraft Pflichtenheft. Von Amtes wegen. Das Feuer zähmen soll er, es zum Kaminfeuerchen reduzieren, einsperren im Herd, dem heimischen, prometheischen. Eine Feuerordnung also – das steht in seiner Macht. Eine Lagerordnung – damit es nicht gärt. Eine Müllverordnung, um die gärenden Sachen gesondert zu entsorgen. Eine Friedhofsordnung. Eine Seuchenordnung. Ein Gesundheitswesen. Ein Hebammenwesen – damit man das Licht erblickt! – denn wie leicht wär' es geschehen, und man wäre, durch das Ungeschick des Wesens, das einen ans Licht zu zerren hatte, geblieben, wo man war: von Ewigkeit zu Ewigkeit im Finstern – eine Beleuchtungsordnung also! Eine Parkordnung. Die Ilmwiesen möge Er ordnen! Ein Gestaltungsplan. Zonenplan. Eine Steuerord-

nung – möglichst gerecht. Eine Theaterordnung, eine Bibliotheksordnung, eine Kriegsordnung. Die Kriegskommissionsrepositur, die muß er schaffen! Rekrutenaushebungen beiwohnen, hört man, soll er – und im ganzen Land – er tut's nicht gern ...
Rekruten beiwohnen? Ungern? Du?

Zu befreien vermöchte er dich nicht; das stünde nicht in seiner Macht. Wie denn?
Besuchen? Dich im Knast besuchen und deine Klagen anhören – dies Gezeter?! In welcher Eigenschaft? Wie käme er dazu? Das Internationale Komitee vom Roten Kreuz gibt es noch nicht. Kraft seines Rufes? Seines frühen internationalen Ruhmes, als unabhängige Persönlichkeit des Geisteslebens ... wie Sartre Baader/Meinhof? Er käme womöglich in Begleitung seines Zeichenlehrers Krause. Um dich zu porträtieren. Wenn du ein Mordbrenner wärest – in der Todeszelle schon, eindeutig der Fall – aus rein physiognomischen Gründen.

Mit Krause ins Gefängnis d. Mordbrenner sehen, liest man.

Und so hätten wir denn endlich deine Physiognomie – nicht nur die Physiognomie des zarten Knaben, nicht nur die zweifelhaften Maße deines Schädels – und so könnten wir denn endlich den Haftschaden belegen! Und nicht nur auf Grund der Aussagen von Zeugen! Diese Verfettung! Diese Entstellung des Gesichts! Deine gräßliche, aufgedunsne, pockennarbige Visage ...

Ein Mordbrenner – du?!

Und Haftschäden würden ihn nicht interessieren?

Nur die Kunst des Porträtierens?

Und dabei ist er, hört man, von Hause aus Jurist! Und fortschrittlich – wie Beccaria. Den man doch kennt! Den hat man doch gelesen! Und so müßte man sich eigentlich engagieren für ein liberales Strafrecht – das Strafrecht revidieren! Und für dich! Alles andre interessiert dich nicht, kann dich doch gar nicht interessieren in dem Augenblick – ein neues Strafrecht! Ein vom religiösen Vorurteil gereinigtes Strafrecht! Ein vom Rachegedanken befreites Strafrecht! Dem Grundsatz der Verhältnismäßigkeit verpflichtet, der Gleichheit vor dem Gesetz, der Gleichheit aller Lüste, der Gleichheit der Geschlechter, der Gleichheit auch der Gleichgeschlechtlichkeit! Gleichheit! Gerechtigkeit! Freiheit für dich! Und nur für dich ...

Ausgerechnet?!

Ja – muß man sich denn nicht allmählich fragen – wenn man sich schon mit dir beschäftigt – warum soll man? und wie käme man dazu? –, ob du nicht in den Knast *gehörst*? und lebenslänglich?!

Allein schon wegen jener Rose Keller? Und die kennt man ... muß man kennen ... die? Immer wieder die. Will man die denn kennen?

Ja, sammelt man denn Skandalgeschichten? Kramt in alten Sachen und stieße plötzlich drauf, beim Umräumen, zwischen Gartenhaus und Frauenplan. Man sucht etwas ganz anderes – ein wichtiges Papier, und plötzlich hält man diesen Zeitungsausschnitt in der Hand. Wie kommt der in dieses Portefeuille? Man ist doch ordentlich. Und für jede Sache gibt es ein Portefeuille. In welchem Portefeuille könnte Rose Keller sein ... erinnert man sich denn? dunkel? an Rose Keller?

Man war doch damals, und daran erinnert man sich immer, sehr krank. Blutsturz. Zusammenbruch. Abbruch des Studiums ... und diese quälende Angst vor der Schwindsucht! Und in der Angst, der Schwäche, da packt einen der Heiland bei den Haaren, da wird man fromm. Und nicht nur fromm, nein frömmelnd! Pietist! Hamann! Klettenberg! Schrei nicht – es war nur eine Krankheit (doch auf Hamann kommen wir zurück). Eine Schwärmerei. Ein Entwicklungsschritt, ein Zögern, Rückfall in die Kindheit? Eine Heimkehr, vorerst, ins Elternhaus nach Frankfurt, kurz vor der Mündigkeit – da bleibt der Atem weg. Und man spuckt Blut! Man will gehalten sein. Wer nicht! Vom Heiland! Und der ließe einen wieder los? Und man würde genesen von der Krankheit? Und den Heiland allmählich vergessen, dieses Gefühl unter der Kopfhaut einfach vergessen ...

Und Skandalgeschichten sammeln?

Rose Keller?
Ausgerechnet die.
So könnte die noch heute heißen.

Sechsunddreißig Jahre alt. Witwe des Karl Valentin, gewesener Konditoreigeselle. Aus Straßburg nach Paris gekommen. Baumwollspinnerin. Ehrbar. Arbeitslos zur Zeit. Beim Betteln auf der Straße aufgelesen, an einem Ostersonntag.

Ostern?

Ist das strafverschärfend?

Die Auferstehung ist ein Bild – ein großes Bild für Wandlung und Verwandlung – man mag dieses Fest der Hoffnung feiern oder nicht – denn Wiedergeburt, Metamorphose, ist doch Hoffnung! Man mag ganz *fleischlich* daran glauben oder nicht gar so historisch wörtlich: doch soll man in jedem Falle die kindlichen Gefühle, diesen Rest von kindlichem Gefühl, den Glocken plötzlich wecken können – Glöckchen! Glöckchen! Still jetzt! Still jetzt! süße Töne! – nicht verletzen! Schon gar nicht absichtlich.

Eventualvorsätzlich?

Du siehst sie betteln – sie braucht also Geld. Aber der Herr wird doch für Geld ganz andre Mädchen finden! Der Diener war schon ausgeschickt! La Jeunesse war schon auf der Jagd nach solchem Wild, für den Osterschmaus. Ein übles Subjekt, hört man, der Diener – wie der Herr so das Gescherr.

Ein Herr? Achtundzwanzig Jahre alt – crèmefarbener Anzug, Degen oder Stöckchen, elegant – einsvierundsechzig groß! Ein Männchen, und das beobachtet besagte Keller beim Betteln, am Rand der Place de la Victoire, gegen die Statue des Sonnenkönigs gelehnt –

Lust? Auf Rose Keller? Ausgerechnet? Hat der Sonnenkönig dir den Kopf verdreht? Gefielst du dir, so lässig neben dem absoluten Herrscher auf dem Platz des Sieges, an einem schönen Ostermorgen ... Ostern! Und er ist dir auferstanden, schon am Vormittag. Nach einem reichen Frühstück mit Champagner, ausgeschlafen, unternehmungslustig – und die muß betteln gehn. Wie geil, die bettelt. Zeigte sie, bei der dankbaren Verbeugung, zuviel Arsch? Waren dir die Strichmädchen zu billig? Ein Sozialkontrakt, der dich schon nicht mehr reizte?

Haushaltsarbeit habest du besagter Keller angeboten. Die versteht nur Arbeit – des Französischen kaum mächtig – und in ihrer bedauernswerten Lage ...

Arbeit? Doch! Du stehst ja vor ihr, und sie fragt dich, wie sie jeden andern deines Standes auch fragt, und den Stand sah sie sogleich, nach Arbeit. Und du verstehst nur travail. Arbeit genug! Doch, doch. Venez, venez! ma mie!, du rufst nach La Jeunesse, der winkt nach der Kutsche.

Ein Mißverständnis?

Was hast du mit besagter Keller in der Kutsche, die verdunkelt war, das muß man wissen: eine Entführung, auf der Fahrt, die ungefähr zwei Stunden dauert, nach Arcueuil, in dein möbliert gemietetes Lusthäuschen, noch gesprochen? Eine Rose Keller fragt naturgemäß nicht lange nach der Art der angebotnen Arbeit. Eine Rose Keller hätte wohl auch kaum verstanden, was du, Donatien-Alphonse-(oder Aldonse)-François etc. pp. – dunkel andeutend, mit belegter Stimme, von der *Natur der Arbeit*, vom Verhältnis von Natur und Arbeit, von der Art deines Arbeitsbegriffes, philosophisch, womöglich im Subjonctif, verraten hättest – hättest du etwas verraten! Doch du schwiegst. Die ganze Fahrt lang hättest du vor dich hingeschwiegen – brütend, finster, versicherte besagte Keller glaubhaft. Du hast sie nur gefragt, was sie noch sehen könne. Nichts, antwortete besagte Keller verwundert, die Vorhänge waren ja zugezogen.

Blind? Wie arglos war sie? Arbeit, das bedeutet für eine Rose Keller schon das halbe Leben. Und kein Baumwollfläumchen Lust ...

Über das Elend der Heim- und Textilarbeiterinnen hat man sich von Amtes wegen später sachkundig gemacht und seine Erschütterung maßvoll zu Protokoll gegeben, höhern Orts.

Und der Beklagte, der hat sie gleich aufs Bett geschnallt? und vergewaltigt? Nein. Natürlich nicht. Vorbereitungshandlungen zur Tat – und ziemlich umständlich. Umständlich dargelegt. Ein großes, abgedunkeltes Zimmer. Holztäfer an den Wänden. Zwei Betten. Ein Paar Korbstühle. Die Fenster sind vernagelt.

Ein Vorspiel? Unsittliche Belästigung am Arbeitsplatz?

Der Hang zum Küchenpersonal?

Nein. Nichts Unsittliches sei dort geschehen. Ins Dienstbotenzimmer geführt, ward besagte Keller höflich aufgefordert zu warten, bis man ihr zu essen bringe.

Sie solle sich nicht langweilen ...

Hast du gegrinst dabei? dämonisch? Nein. Nur ein Lächeln, ein höfliches, freundliches Lächeln erwähnt besagte Keller.

Die Tür ward immerhin doppelt abgesperrt. Verdächtig ...

Und von wegen Essen holen! Eine Stunde lang, sagt die Keller ... glaubhaft? Stand eine Uhr im Zimmer? – so daß sie die Pendelschläge hätte zählen können, und allmählich, mit jedem Pendülenschlag, die Hoffnung auf ein Osterlamm ... eine Sanduhr, so daß sie das Rieseln ... oder das leise Ticken eines alten, wunderschönen Uhrwerks, Objekt von Sammlerleidenschaft, das sich im Kopf zum Hämmern auswächst ... als wäre das ganze, dunkle Zimmer, ja das ganze Haus mit wunderschönen alten Sammleruhren angefüllt, die zeitverzögert ticken, klingeln, klöppeln, knirschen ...

Ein verinnerlichtes Zeitgefühl schon, bei der arbeitsamen Baumwollspinnerin?

Daran hat sie sich ja gewöhnen müssen: daß man die Uhr *spürt* – in einem Arbeitsleben, eingeteilt in Stunden! In Minuten kleingehackt! – daß man die Stunde spürt, die es geschlagen hat, im halben Dunkel irgendeines Arbeitsplatzes, nur Oberlicht, so viel, wie man für die Arbeit braucht – und keine Sonne.

Und du? Amüsierst dich derweil? Und vergißt die Zeit?

Nein, nein. Du spielst ein wenig. Mit La Jeunesse & Compagnie. Eile mit Weile spielst du. In Gedanken an besagte Keller, die da oben wartet ... das Pendel hypnotisiert, Sandkörnchen zählt. Und du könntest sie womöglich beobachten, unsichtbar, durch einen verborgnen Schlitz, auf einem Bildschirm? Deiner Gnade ausgeliefert! Ihrer Freiheit beraubt! Solange du nur willst ... bis sie verfault, verschimmelt, stinkt ... bis sie durchdreht ... verhungert ... bis ...

Bis du selber nicht mehr kannst. Bis du geiferst. Bis dir das Wasser im Mund zusammengelaufen ist ...

Die Natur die Macht übernimmt? Die keine Freiheit kennt. Nur Zwang.

Du stürzt in ihr Wartezimmer. Als sei ein Feuer ausgebrochen in dem kleinen Haus. Der

Krieg. Als flögen schon die Kugeln durch die Dächer. Ein Erdbeben. Als stünde die Polizei schon vor der Tür. Venez, venez, ma mie! Du zerrst sie in ein andres Zimmer. Von dort ins nächste Zimmer. Zurück ins erste Zimmer, als wären alle Ausgänge versperrt. Der Fluchtweg abgeschnitten. Rauch von allen Seiten ... Feinde! Inspektor Marais käme, der Sumpf ... und aus dem Sumpf kämen die Fliegen, Viren, Retroviren, schaumgeboren, Spirochäten, Gonokokken, die kleinen und die großen Blattern, Blasen kämen aus dem Sumpf, Sprechblasen ... die Strickerinnen, mit den spitzen Nadeln, der Tugendhafte käme mit der Guillotine, das Höchste Wesen käme und packte dich bei den Haaren, die Ärzte kämen, verborgen hinter Chirurgenmasken, wie vermummte Demonstranten, die Analytiker kämen, um dich auf die Couch zu schnallen, ja, sogar der Heilige Vater käme am Ostersonntag, urbi et orbi, und aus dem All kämen die Kometen, Meteoriten, Strahlung! die nächste Eiszeit! wenn die Atmosphäre reißt ...

Bist du verrückt? Brauchst du die Angst?

Die Angst der andern? Um die eigne zu verscheuchen?

Nein. Nicht die geringste Spur von Angst. Und im vollen Bewußtsein der Strafbarkeit von dem Getue – Straftatbestände! Nichts als Tatbestände! Terror! Denn natürlich schreit Besagte, so umhergezerrt – als wärest du verrückt. Weint sie, fleht sie um Gnade? Nein. Eine Rose Keller bringst du so rasch nicht zum Weinen, als wär's eine Justine. Die protestiert! Die zetert! Und du weißt, es hört sie keiner. Und so wirst du bei dem Gezeter immer geiler – und so ist dir noch der geilste Ort nicht geil genug für deine Tat. Du zerrst Besagte in ein dunkles Kabinett. Dort sperrst du sie wieder ein. Und läßt sie warten.

Jetzt weiß sie, daß das Schlimmste sie erwartet. Doch noch weiß sie nicht, was denn das Schlimmste wäre. So zieht sie sich ein wenig aus – um das Schlimmste zu verhüten? – Gefaßt, ein wenig auf das Schlimmste?

Warten – die allerschlimmste Folter. Nur Bewußtsein und kein Sein. Nur Angst, nur Hoffnung, Träume – mit offnen Augen, die nichts sehen, mit offnem Mund, wie im Erstaunen, aber stumm.

Warten lassen! Der sicherste Beweis der Macht.

Du wartest nicht. Noch bist du nicht bereit. Was paßt dir jetzt, was steht dir gut? Das Samtkostüm? Blaugelb? Was fällt dir ein?!

Ein Gilet selbstverständlich. Knapp geschnitten. Auf der nackten Haut. Die Schultern frei. Dort brauchst du Spielraum. Lose über Brust und Bauch verschnürt. Aus schwarzem Leder. Mit funkelnden Metallbeschlägen. Nickelsternchen. Achselpatten. Enge schwarze Lederhosen ...

Von einem Beinkleid sah besagte Keller nichts.

Kein Beinkleid also? Nur ein Gilet? Und auf dem Kopf ...

Die schwarze Ledermütze? Flach, mit Schild, die Nickelsternchen, Dreistern- oder Vierstern-General? Die Doppelrunen? Totenkopfstandarte? Hakenkreuz? Andreaskreuz? Malteserkreuz? Irgendein Kreuz – am Ostersonntag! Zur vorsätzlichen Verletzung jeglichen Gefühls ...

Ein Taschentuch?! Was hat der auf dem Kopf?! Ein weißes Tuch, mit Zipfelchen, wie gegen ... Sonnenstich?

Hysterisch?

Ein Kopftuch? Eine alte Frau sucht Rüben?

Travestie? Eine Maskerade?! Ins Hochkomische gesteigert, und es wäre nichts als Überspannung, und der gehörte doch ins Tollhaus, wie der Kleist?!

Nein! – ein Gesichtstuch!

Ein Palästinensertuch? Tuch des bedrohten Volkes ohne Raum?

Und es wäre ein politisch Stück? Ein wenig Schiller? Nichts als Theater – ins Geschmacklose gesteigert? Ein fehlgeleitetes Talent!

Nein, nein. Nichts als ein *Tuch*. Da steht's: ein weißes Tuch. Wir sprechen doch französisch, und recht gut. Doch auch das Wälzen unsrer Wörterbücher hilft nicht weiter ...

Warum ein Tuch? Ein Narr! Nichts als ein

Narr, den man einsperren sollte, wie alle Narren, irgendwo, und auf unbestimmte Zeit: verwahrt ...

Nein! Kein *Tuch*. Sondern ... Blasphemie! Denn Blasphemie, müssen Sie wissen, und das ist inzwischen wissenschaftlich untersucht, die Blasphemie, sage ich, gehört zu dieser besondren Spielart menschlicher Sexualität. Zur Steigerung der Geilheit! Und Blasphemie ist ungeheuer zeitbedingt. Denn Blasphemie muß beißen – kitzeln, stechen, weh tun! Und wer würde heutzutage noch vom Heiland derart am Schopf gepackt, wie Sie, daß die Beleidigung dieses Heilands der Steigerung der Geilheit dienen könnte?

Anders, freilich, eine Rose Keller. Anders, freilich, jene öffentliche Meinung.

Es muß ein *Turban* gewesen sein. Mit einem weißen Turban hast du dich gekrönt, zum Sultan im Serail, zum Herrscher deines Harems. Das Zeichen größten Schreckens ist der weiße Turban. Türkisch, orientalisch, osmanisch – jedenfalls unchristlich – und am Ostersonntag! – kommst du der besagten Keller mit deiner Scharia, deinem Strafgericht, nach deinem Gesetz rechtgläubig – von hinten!

Brüsk hast du besagter Keller das Hemd, das sie partout anbehalten wollte, um ihrer Ehrbarkeit willen, über den Kopf gerissen, dieses Hemd der Ehrbarkeit! – und sie vornüber auf das Ruhebett gestoßen. Eine Couch. Die Decke aus rotem Kattun mit weißen Tüpfelchen. Das wissen wir! Besagte Keller ist im Detail sehr genau. Du hast sie festgeschnallt!

Wie fest, bitte? Bestand Erstickungsgefahr? Verletzungsgefahr? Darüber schweigt die Keller – warum schweigt die plötzlich? Womit festgeschnallt? mit Lederriemen übern Rücken? mit Seilen? an den Fesseln, Handgelenken kreuz und quer, kunstvoll verschnürt, in geduldiger Feinarbeit, ein Könner –

Doch, das muß man können! Einen lebenden Menschen so zu verpacken wie Christo Häuser verpackt, Kirchen, Felsküsten, und es den Launen des Windes überläßt, sie wieder auszupacken, daß es aussieht, als würden die Felsküsten brennen ... Ein kalter Brand! Der kalte Brand des Windes, der nicht weiß, daß er Felsen entzünden kann ...

Und es wäre also Kunst? Nichts als Kunst?! Und man hätte sich ein Leben lang um *Sinn* und *Form* bemüht. Um *Maß* und *Norm*. Und nichts dem Zufall überlassen! Nichts dem Wind! Und jeder Vers gemeißelt wie in Marmor! Und um das Sittliche gerungen! Um die sinnlich-sittliche Ordnung des Formschönen! Für eine heiter tätige Nachwelt! Und da kommt die Nachwelt – und packt Küsten ab?! Und von Heiterkeit wäre die Rede nicht – nur noch von Tätigkeit?! Und jene Heiterkeit brennender Gestade bliebe überlassen einem ahnungslosen Wind?! Fehlgeleitet! Nichts als fehlgeleitete Talente!

Sie?! Wo spüren Sie da Wind?!
Die Fenster sind ja zugenagelt.
Und nicht Felsen werden hier verschnürt, sondern ein Mensch. Bis besagter Mensch sich nicht mehr rührt; derart verrenkt, verseilt und ohne Hemd und splitternackt: dein Bündel Mensch.
Und dann?!
Heiße Schokolade trinken, zur Stärkung, nach der Arbeit. Eine Zigarette rauchen, zur Entspannung. Dein Kunstwerk kontemplieren, wie es noch ein wenig zuckt, sich unwillkürlich zu entwinden sucht. Denn so schnell stirbt man nicht! Dein geschnürtes Bündel einfach liegenlassen. Stundenlang? Wie lange kannst du ... warten? Verewigen? Denn es muß doch für die Nachwelt sein, sonst ist es keine Kunst, sondern ...
Knast! Tollhaus! Enthauptet, verbrannt, in den Wind gestreut!
Ein Gipsabguß, also, für die Unsterblichkeit? Nein, nicht nur das Gesicht, das sich mit offnem Mund und offnen Augen sehnt – nach Erlösung sehnt! Nein! Den ganzen Leib. Eingipsen. Un moulage. Als Objekt der Verehrung? Der Melancholie, der Sehnsucht! Das Sehnen dieses Leibes – vom lebenden Objekt genommen – verewigt! in Gips!
Aber nein. An die Nachwelt denkst du nicht – an die Mitwelt nicht, nicht an die Ewigkeit ...
Das hast du erst im Knast gelernt! – dein

Bündel schnüren. Kunstvoll. Immer ein wenig variiert. Endlos. Entrollt, gerollt. Warten! Jahrelang. Auf die Ewigkeit? die Nachwelt?

Ja, soll man dich warten lassen? Einfach vergessen, eine Weile ... Wie lange kannst du? Kannst du überhaupt noch? Dich stehen lassen! Zerreißt es dich? von innen her? Geht's in die Luft? Verpufft? Trifft's – und zerreißt sein Ziel?

Wenn es nur abginge! endlich! Ohne Gefahr für Leib, Leben und Literatur.

Komm! Von Kunst kann doch die Rede gar nicht sein. Da liegt dein Opfer, festgezurrt, bäuchlings ausgestreckt, dir ausgeliefert – und protestiert! Noch immer! Du drohst besagter Keller mit dem Tod, wenn sie nicht schweigt. Besagte protestiert! Eigenhändig wirst du sie begraben, drohst du. Besagte protestiert gegen ihr Begräbnis! So schmeißt du ihr ein Keilkissen auf den Kopf. Sie protestiert! Den Muff darüber. Eine Kissenschlacht. Und die Keller hört nicht auf zu protestieren. So bringst du eine Rose Keller nicht zum Schweigen. Der stopfst du mit Kissen nicht den Mund.

Warum eigentlich nicht?

Ersticken und verlochen. Eine Arbeitslose weniger.

Keiner würde sie vermissen. Karl Valentin ist tot. Du hättest ungelöschten Kalk. Ein Wesen, das zu nichts zerfällt. Man hätte ihren Namen nie erfahren. Du hättest nicht ein Leben lang dir dieses eine nicht begangene Verbrechen vorzuwerfen! Das entscheidende Verbrechen – nicht begangen! Ein Leben lang dem einen nicht begangenen Verbrechen nachtrauern! Es ins Übersinnliche steigern – nichts als Rose Keller! Endlos variiert – verewigt!

Nein. Du willst die Keller nicht zum Schweigen bringen, ganz und gar nicht. Sonst hättest du sie knebeln können, daß sie noch atmen, aber nicht mehr protestieren kann. Doch du willst, daß sie protestiert. Damit du sie bestrafen kannst. Das könntest du sonst nicht. Es wäre Willkür. Und Willkür willst du nicht! Keine Beliebigkeit! Nein – Vorsatz!

Das Schreien hast du ihr verboten. Doch sie kann nicht aufhören zu schreien. Noch unterm Kissenberg protestiert die, dumpf und kläglich! Und so haust du drauf! Und bis aufs Blut.

Wie, bitte?!

Nein! Das will man gar nicht wissen. Nur – warum? Warum denn strafen?

Um dich die Möglichkeitsform zu lehren! – den Conditionalis! – damit du zu erwägen und zu kontemplieren lernst, was du könntest – und nicht kannst! weil man dich sonst sofort bestraft! Es bleibt doch nur die Frage – wie, bitte?!

Mit den Reisigruten deiner Kindheit, den Rohrstöcken deiner Schulzeit, mit dem Gürtel ... nein, es waren Peitschen, hört man, in der exklusiven Zuchtanstalt der Jesuiten, für die vornehmen Hinterteile von dir und deinesgleichen ... und von ein paar ehrgeizigen Emporkömmlingen, wie jenem Tugendhaften, beispielsweise, der die Tugend dort gelernt hat, wie du auch, als *Möglichkeitsform* klassischer Rhetorik, unter der Peitsche jener Jesuiten – und so wäre, in der Möglichkeitsform, denkbar – eine ganz unmögliche Szene! – daß nämlich klein Donatien und der kleine Maximilien, Seite an Seite, vornübergebeugt, mit verbissenem Gesicht und mit entblößten Hinterteilen unter der christlichen Geißel eines Jesuiten tanzen – tanzen – tanzen.

Auf der Christenheit herumtanzen – bis die Köpfe rollen!

Auf dem Ewig Weiblichen herumtanzen – mit der Geißel – und am Ostersonntag!

Und es wäre alles nichts als Rache?! Rache für die Strafe?!

Ja, was bringt denn das?

Nichts als Rhetorik! Kranke Dialektik, gemißbraucht, um das Wahre falsch, das Falsche wahr zu machen!

Spanisches Wachs? Giftig – wie spanische Fliegen? Wachsfolter, berühmt in einschlägigen Kreisen? Oder Wundbalsam?

Du hättest nämlich, sagt die Keller, in ihren Striemen von der Auspeitschung herumgefummelt, bis sie unter ihren Kissenbergen schrie.

Herumgefummelt? womit?

Das kann Besagte in ihrer Lage nicht gesehen haben, sie hat es nur gespürt. Und wie?!

Ein Messer, sagt Besagte, habe sie gesehen. Eine schlimme Aussage. Schlecht für dich, Männchen! Sind Hieb- und Stichwaffen im Spiel, hat das fortschrittliche Strafrecht einen schweren Stand.

Nein! Kein Wachs! Balsam! Nur Medizin.

Ein Wundbalsam, der alle Wunden heilt; den du erfunden hättest und dessen Wirkung du – ein Forscher? – nun ausprobieren wolltest an Besagter, ein naturwissenschaftliches Experiment in vivo, ein Humanversuch, vergleichsweise human.

Ein wenig nur verletzen – oberflächlich – mit der Geißel? Gerte? Peitsche? – nicht mit dem Messer! nein! nicht mit dem Messer! – um danach Arzt zu sein. Und es ginge jetzt nur darum festzulegen, wie human ein Humanversuch zu sein hat, zum Nutzen der Humanität.

Ein andres Portefeuille? Einen Bundesordner anlegen dazu?

Man ist im Grunde *gegen* Experimente – wenn man ehrlich ist. Das Studium der Natur habe zu erfolgen unter natürlicher Bedingung! In der freien Natur am liebsten. Geduldig und behutsam. Im Garten wandelnd, mit scharfem Blick auf Blumen. Farbige Schatten. Sonnenfinsternisse, aschgraues Mondlicht. Man ist *im Grunde* gegen jene Dunkelkammer, *gegen* das Verriegeln aller Fenster, *gegen* dieses Brechen, Beugen, Spiegeln, Spalten des Lichtstrahls – nein! kein Strahl! Urlicht! Man ist *gegen* Brechungswinkel. Doch um das Gegenteil von allem zu beweisen – um beweisen zu können, was man weiß, die Wahrheit – längst erkannt, mit *einem* Blick auf eine *weiße* Wand, die weiß bleibt, ungebrochen – darf man unter Umständen ... in die Folterkammer?! und zu jenen Instrumenten greifen?!

Doch das ist ein Vorgriff!

Hier geht's ja nicht um Licht, sondern um Taten und um Leiden. Und es wäre, also, schon wieder das falsche Portefeuille?

Nein. Denn im Grunde ist man auch gegen dieses gesonderte Betrachten von allem und von jedem. Denn es ist alles eins. Und so ginge es hier um die eine unteilbare Sittlichkeit ... und so muß man sich, bei Gesamtschau, doch fragen ...

Fragen? Nein!

Du gibst doch nicht Todkranken, die eine letzte Hoffnung schöpfen, nichts als Hoffnung, in ihrer Todesangst, nur Angst Angst Angst, ein *Placebo*, um die Wirkung deines neuen Medikamentes an der Vergleichsgruppe ebenso Todkranker streng wissenschaftlich beobachten zu können, beweisbar, meßbar, die winzigste Veränderung der todbringenden Flecken – ob die langsamer wachsen als die anderen Flecken?!

Da ist es schon besser zuzuschauen, wie lang dein Bündel Mensch – verrenkt verquer ver-

seilt – noch zuckt. Zigaretten rauchen, Schokolade trinken. Ein bißchen Lust genießen ... beim Beobachten geschöpfter Hoffnung? verheilender Verletzung? nackter Todesangst.
 Komm! Du bist doch nicht pervers!

Was schreist du denn?
 Bist du gekommen? Endlich?
 Der Beweis strafbarer Lust! Die Widerlegung jeder Schutzbehauptung –
 Wer sagt das?
 Besagte! – sagt – du seist. Gekommen? Ausgerechnet die? Züchtig von Natur, dezent aus Klugheit, diskret aus Berechnung, zurückhaltend aus Kalkül, präzis im Detail, um ihre Glaubwürdigkeit zu untermauern, ohne Übertreibung, ohne jedes Ausschmücken, noch im Understatement ungeheuerlich, mit dem Sous-Entendu rechnend, mit der Einbildungskraft des protokollierenden Beamten und des Publikums, jener öffentlichen Meinung spielend, zu ihrem materiellen Vorteil und um ihres Rufes willen, spricht die Keller nie von deinem Unterleib. Den konnte sie nicht sehen – unter ihrem Kissenberg. Nur schreien hat sie dich gehört – urplötzlich.
 Ein überraschend hoher, spitzer, greller Schrei, über den sie erschrocken sei, behauptet die Besagte.
 I-Laute? wie ein erschrockenes Kaninchen, vom Mäusebussard im Genick gepackt, damit

der Mäusebussard es vor Schrecken losläßt, das Karnickel?

Als wäre Lust nichts Edles, Reines und Erhabenes! Ein A – das tief von innen kommt, mit weit geöffneten erstaunten Augen, bei dem plötzlichen Erwachen aus dem Schlafwandel, dem Wahn. Ein stilles, aspiriertes A – AHA – ein leises, offnes, dunkles O – OHO – das A und O des Staunens. Nichts anderes ist denkbar. Wenn man spät nachts, über den Abgrund geordneter Ilmwiesen, durch den Bodennebel gleitend, endlich, rittlings in die Sonne stürzt! Erfaßt vom höchst energischen Urlicht!

Und es wäre ganz märchenhaft?! wie unter Geschwistern?!

... eher wie Achterbahn, wie Münsterturm, wie seekrank. Oder wie im Gruselkabinett. Bei der Empfindung eines kühlen Lufthauchs plötzlich, und von nirgends her, von fern, im Finstern ... Im Horrorfilm, bei Schwarzenegger, schreist du so, wenn der Terminator eins zwei drei noch einmal aus der Feuersbrunst in seiner ganzen kolossalen Größe aufersteht ... vor dem Bildschirm, wenn du in deinem Raumschiff ... und die Instrumente signalisieren dir die Gravitation von einem schwarzen Loch! ... wenn du unaufhaltsam in das schwarze Loch! ... aus der Erdumlaufbahn hinauskatapultiert, vorbei am letzten kleinen unentdeckten Namenlosen, knapp vorbei, und weg, aus deinem Sternbild, in den interstellaren Raum, funktot, über den Rand von Raum und Zeit hinaus ... Wenn du an diese Zeit-Räume denkst! Was da zu hören wäre ... von deinem Geschrei?

Jedenfalls so, als wärest *du* erschrocken – und nicht die Keller.

Sie habe dich gefragt, ob du sie am Ostersonntag Tod und Passion erleiden lassen wollest, wie die Juden Christus, und da hättest du geantwortet: ja! Und genau in diesem Augenblick hättest du geschrien wie am Spieß.

Der rechte Satz im rechten Augenblick, schon spritzt's. Es kann auch nur ein Wort sein, oder ein Buchstabe, ein Zeichen: unter diesem Zeichen wirst du siegen! – oder eine Zahl, ein Code, dein persönlicher individueller Code ...

Nein! Soweit warst du noch nicht – so sublimiert. So verbalisiert. So zwangsneurotisch, zeichenhaft, semantisch und grammatisch bist du erst im Knast geworden.

Endlos?
Nein!
Man gäbe dir dein Strafmaß; alle vierzehn Tage frische Laken; fließend Wasser in der Zelle; die Katze gegen die Ratten und die Mäuse ... Nein, da gäbe es doch keine Ratten, keine Mäuse! Man gäbe dir anstelle der Katze jenes kleine Hündchen, um das du immer wieder bettelst ... Ein Hündchen, damit du etwas zu erziehen hättest! Der Zeit gemäß, es muß doch jeder etwas zu erziehen haben, denn Erziehung

fördert die Selbstzucht. Und sei's auch nur ein kleiner, platzsparender junger Hund, ein Pudelchen natürlich, das du großzuziehen hättest, in der Einsamkeit des Kerkers. Es wäre besser als... bloß stricken? Tüten kleben? Womöglich im verborgenen zu einem Endlosband zusammenkleben?

Im verborgenen?

Man gäbe dir genügend Licht. Aufsicht, Tag und Nacht. Unsichtbar, diskret. Damit man sähe, wie das Pudelchen unter deiner liebevollen Zucht Fortschritte im Gehorsam macht...

Fürsorge. Betreuung.

Einsamkeit? Ein Kerker?

Nein. Du gehörst nicht ins Panoptikum! Der alte Bentham ist ein radikaler Narr. Der Umgang mit Lebewesen fördert doch die Sozialisation! – und es soll nicht bloß ein Pudel sein.

Nein. Man gäbe dir die Frau. Regelmäßig. Ohne Aufsicht. Denn auch ein geregelter Geschlechtsverkehr fördert die Sozialisation. Dann kann man die Geschlechtlichkeit, derart sozialisiert, mitunter ein wenig vergessen... dieses Sehnen, diesen Wahn.

Arbeit!

Der heiter tätige Umgang mit der Natur – jeder weiß es – erzieht. Kein Müßiggang! Nein! Tätigkeit! Pflänzchen setzen, Pflänzchen ziehen. Rosen schneiden, mit Behutsamkeit. Den Boden hacken. Gartenarbeit. Kleintierhaltung. Denn für schwere körperliche Arbeit bist du nicht gemacht. Jedem nach seinen Fähigkeiten! Jedem das Seine.

Dein Gärtlein pflegen? Ein wenig dilettieren? und in allem? Ein bißchen Theater spielen – mit Tollhäuslern – als Beschäftigungstherapie? Ein bißchen schreiben? Ein bißchen Reiseerinnerungen nachhängen? Antiquitäten sammeln, ohne jede Sachkenntnis? Ein bißchen Kunstbetrachtung, ein wenig Naturkunde – ohne Konzept, unsystematisch, zufällig, oberflächlich.

Ein wenig singen? Mit angenehmer Stimme, wie man hört.

Zeichnen lernen? Ganz geduldig, nach der Natur? Und es wären keine Leidenschaften, keine Steckenpferde bloß, ohne Gemeinen Nutzen ...

Nein! Dein Zögling wäre doch nicht nur ein Pudel. Aufgaben gäbe man dir! Aufgaben über Aufgaben! Du darfst dich, dies vor allem, keinen Augenblick lang unnütz fühlen. Den Augenblick zu nützen, sollst du lernen, jeden, nach der verinnerlichten Uhr zu leben lernen. Mit der Uhr zu leben! ständig!

... und du würdest nicht mehr stundenlang in deiner Ecke kauern – und dein Bündelchen betrachten? Dein gerolltes und verschnürtes? kontemplieren? – starren? – zu jenem Ding dort starren – zu diesem Gestell da starren – Endlosbände! – Stellen suchen? Stilblüten! – Kichern, keuchen, schreien – und es hört dich keiner! – in deinen Sachen kramen, nach deinem Fummel, deinen Heftchen kramen, in Erinnerungen kramen, wie ein altes Weib?! ... und es wären dir auf einmal alle Gegenstände nicht mehr so ... bedeutend?! ein Seil? ein Tabourett? ein Tisch? ein Kleiderbügel? ein Lederetui?! Nein! Du würdest nicht mehr deine Zeit damit verlieren, durch Betasten und Befingern der Materie – Gummi? ist's tatsächlich Gummi?, mäßig elastisch und ein wenig klebrig – zu prüfen, ob die Technik inzwischen so weit fortgeschritten wäre, daß du dich tatsächlich mit geschloßnen Augen beinahe täuschen könntest? Nein! Keine Zeit mehr für Selbsttäuschungen!

Du hättest, dies vor allem, Rechenschaft zu geben, und zwar schriftlich, über den Gebrauch, den du von deiner Zeit gemacht. Spät nachts, in der Stille, über Wiesen – denn es gäbe keine Mauern! – auf dem Sitzbock, vor dem Stehpult da im Gartenhaus, der dein Kreuz stärkt, deine Wirbelsäule streckt, deine Hämorrhoiden schont – wenn alle Aufgaben erledigt, alle Portefeuilles geschlossen wären. Ein Tagebuch, zur Selbstprüfung deiner Leistungen, zum Nutzen des Gemeinen Wesens, gleich wie klein es sei – ein Anwesen? eine Anstalt? – und wie banal die Leistung – eine Feuerordnung? eine Bibliotheksordnung? – und es ergäbe eine lange Liste, mit den Jahren ...

... und es wäre keine Buchhaltung perfektionierter Masturbationsübung und der dabei geträumten Träume, in Geheimzeichen schriftlich festgehalten, chiffriert, kodiert – denn bei aller Perfektionierung dieser Technik; bei aller Wirklichkeitstreue des Materials – den Adern, Falten, koloriert von Hand – brauchst du doch Bauchlage; Finsternis; geschloßne Augen; Träume...

Und es wäre eine Lust, am Tagesende. Und du wüßtest, es schaut dir jemand zu. Und sehnt sich – wer? – nach dir?

Er steht im Finstern. Unter einem düsteren Gewölbe. Am Geländer vorne, hinter sich den antiken Marmorsarg, als Trog für einen kleinen Brunnen. Wasserrauschen, Stille. Er schöpft Atem, auf der Terrasse seiner kleinen Sommerresidenz, in römischem Stil erbaut, klassizistisch.

Ein Schatten zwischen schweren Säulen.

Eine Terrasse? Unbequem. Nicht zum Sitzen und Verweilen. Nichts als ein Aussichtspunkt. Er sieht, durch die Sichtschneise zwischen den Bäumen, quer durch den weitläufigen Park, fern das Licht in deinem Fenster.

Ein kleines gelbes Leuchten, scharf umgrenzt, in der diffusen Dunkelheit.

Ein geheimes Zeichen.

Dein Jupiter! Du ahnst ihn. Denn du hast den Park gestaltet. Samt der Sichtschneise zwischen den Bäumen.

Noch arbeitet sein Knecht –

Für ihn? Den Herrn, den Landesherrn von Gottesgnaden, eine Hoheit; aus dem Nichts gleichgültiger Geburt gezogen, der Gleichheit entzogen, durch Erziehung zum Regenten, kraft Geburt Regent, der Erbfolge gemäß nur ein Regent, ein kleiner Duodezfürst.

Du weißt doch, während du am Geländer stehst, ermüdet von der Abendsozietät in deiner kleinen Residenz, noch das Rauschen der geräuschvollen Zerstreuung in den Ohren – ein Ball? –, das allmählich verebbt und sanft wird wie das Brunnenrauschen in dem zweckentfremdeten antiken Sarg, das Rauschen von dem leichten Nachtwind in den Bäumen, der dich kühlt, in deiner unbequemen steifen Kleidung – als wärst du bandagiert –, während du das Blut in deinem Kopfe rauschen hörst: daß du nur in die Geschichte eingehst wegen jenem Licht dort, jenem Fenster.

Eine Knechtschaft?
Noch warst du kaum *fähig*!
Geschichte zu machen?
Geschichten – bis du einschliefst. Dort, in dem Gartenhaus, dem kleinen Zimmer hinter jenem Fenster, auf dem Sofa, neben deinem Lehrer, der auch eingenickt war, neben seinem Zögling, dem Prinzen. Wie im Märchen. Fast platonisch.

Übermüdet – nach dem Parforceritt. Über Hecken, Gräben – da lauerte Gefahr! – und auf frisch zugerittenen Pferden. Kaum gezähmt – noch ungestüm, du! – unangemessen deinem kleinen Reich, über dessen Grenzen du hinaussprengen wolltest – womöglich auf dem Schlachtroß? Ein Reich erobern – als genügte das Ererbte nicht? Erwirb es, um es zu besitzen!

Lehrsätze. Lehrers Sätze, dort, auf dem Sofa —
und sie führten über das Gemeine Wesen weit
hinaus ...

Und das ist winzig! Hauptstadt eines Reichs?
Ein Anwesen! — Von der Sommerresidenz,
Luftlinie zum Gartenhaus, zum Frauenplan,
zum Schloß: Sichtweiten, überschaubar. Eine
Chance?

Im Kleinen wohlgeordnet. Und die große
Welt holt man herein.

Ein Reich im Kopf.

Keine leeren Räume ... in die man hinaussprengen
könnte ... mit Husaren, Schrecken
säend, mit Brand, mit Mord, und übrigblieben
auf entstellten Hügeln die Skelette ausgebrannter
Kathedralen ... Was träumst du da?
im Finstern, Fürst? Verwirrt, noch trunken?
Von Ebenen? Auf der Terrasse über deinem
kleinstädtischen Park. Von huldigenden Massen?
Von Prunk? Von Macht? Ganz unplatonisch
plötzlich?

Nein. Du träumst nicht. Du schöpfst ein wenig
Luft ... und schaust ... was der wohl macht?

Noch brennt das Licht.

Pflicht? Und jeder wäre nur Lakai dem andern.
Jeder an seinem Platz. Im Dienste des
Gemeinwesens —

Du, ein Diener?

An den Haarspitzen gehalten, wie an feinen
Fäden, von dem Weltgeist (Hegel). Eine Chiffre
im Buch der Geschichte (Hamann). Zwischen

andern Chiffren. Die zu entziffern wären. Und es ergäbe einen – Sinn?

Denn Gesetze bewahren die lebend'gen Schätze, aus welchen sich das All geschmückt!

Sofa-Sätze.

Als wärest du nicht manchmal Kriegsherr, und als sprengtest du nicht manchmal weit vor, zu weit! Dann wird der Rückzug schwierig. Kläglich. Die Wagen bleiben stecken in dem Sumpf. Die Pferde verenden mit zerschossnem Bauch. Der Nachschub: unterbrochen. Die Nahrung fault. Das Heer wird krank. Seuchen! Die Menschen hungern. Krieg? Vernunft sei überall zugegen! Was zweifelst du denn plötzlich?

Kein Kriegsherr. Repräsentant nur, und in steifer Kleidung. Und der Rest wäre – ein Wegarbeiten? Nichts als Sachzwänge, Verordnungen, Ordnungen? Nein, eine Symbolfigur! Denn –

Die Herzen dem Regenten zu erhalten, ist jedes Wohlgesinnten höchste Pflicht: Wo er wankt, wankt das Gemeine Wesen, und wenn er fällt, mit ihm stürzt alles hin.

Wankst du?! Schwindelt dir?!

Könnte denn Macht nicht schön sein? Herzerfreuend?

Und vom Herzen redet er doch immer gern ... ein sinnlicher, ästhetischer Genuß? Ein Leib, und nicht nur ein Prinzip. Ein Körper, der gepflegt wird und gesalbt, umsorgt von Pagen, höflichen Damen, Hofmarschällen; vom Regiment, das für das königliche Gemüse sorgt; der Brigade für die königliche Garderobe, dem Amtsdirektor für den königlichen Stuhlgang, von Leibärzten, verantwortlich mit ihrem Leben für den Leib der Macht... nichts als ein Leib, die Macht... wie eine Bienen- oder Termitenkönigin? Brutmaschine. Eingesperrt im Finstern. Gefangene des Ameisen- oder Bienenvolks. Bis der Leib zu stinken anfängt... du erinnerst dich doch, Fürst, an jenen fünfzehnten Ludwig: bei lebend'gem Leib verwest! stinkend, schwarz von Pocken, derart, daß die höflichen Damen mit dem Getrampel einer Herde unhöflicher Elefanten durch die Spiegelsäle vor dem Gestank aus jenem Schlafgemach... dem Leib der absoluten Macht... dem Leib, der stinkt. Vom Durchfall. Wie der Leib jenes vierzehnten Ludwig, du erinnerst dich: kaputte Kieferknochen. Da hält keine Prothese. Brei als Nahrung, nichts als Brei, wie vorgekaut... der Weg durch die langen Spiegelsäle, Spiegelkabinette, mit dem Drang von all dem Brei im Bauch, nur Brei im Bauch, wo ist der Abort?, zu weit! die Huldigungen viel zu lang andauernd – nichts als Huldigungen? – scheißen also, während dieser Huldigungen, in die sonnenkönigliche Beinkleidung, den ganzen Brei!, ungesehen zwar – bei soviel Damast! – aber stinkend...übertüncht von Parfüm... oder schamlos stinkend Hof halten auf dem durchbohrten Stuhl, dem Kinderthron?

Von dem sechzehnten Ludwig nicht zu reden... nicht reden, bitte, von dem Sechzehnten!
... von dem urplötzlichen Erguß des Liquor cerebrospinalis aus der offenen Wirbelsäule jener absoluten Macht...

Nein! Nicht zu reden von dem *eigentlich* Siebzehnten! diesem ausgezehrten, armselig verhungerten Kind! Nicht zu reden vom alten Fritz!, gichtkrank, im Lehnstuhl unter Decken, wie im Rollstuhl, fröstelnd, einsam, nur umgeben von seinen Hündchen, den Maskottchen der absoluten Macht – im Durchzug, zwischen zerrißnen Vorhängen, zerbrochnen Fensterscheiben, wenn die Blätter fallen ... nicht zu reden von den alten Männern mit den Armattrappen, die auf der Tribüne vor der Kremlmauer zu stehen hatten, grüßend mit der Armattrappe, unbeweglich, stundenlang, und kaum noch stehen konnten; nicht mehr alleine gehen, längst nicht mehr sprechen konnten; nichts als Attrappen.

Und du? ... Noch stehst du! Bist Körper. Zeichen. Und aus einem Ganzen, kein Standbild...

Ein Leib, sage ich, der schön wäre, solange er die Macht verkörpert, der schöne Leib der Macht: geboren zum Genuß. Und alles zu genießen wäre ihm erlaubt, solange er nur selber ein Genuß wäre ... zum Anfassen, aus Haut und Fleisch und nackt ... in Palästen mit Spiegelsälen, Wasserspielen ... ein Leib zum Spielen, und man gäbe sich dem Macht-Leib willig hin, ein süß Gefühl, gebeugten Knies und nackt; Spielzeug der Macht, die selber Spielzeug wäre, ein Prinz, ein junger Gott, Jupiter! Und es wäre kein Sofa!... nein, ein Roß, und ungesattelt, und die Macht wäre der nackte Reiter, der hinaussprengt, in fremde Ebnen, um sie zu erringen, mit der Gunst des Leibs – solange er sich zeigen kann. Und bevor er zerfällt, verbraucht, verseucht, zu stinken anfängt, wird ihm das Herz aus der noch unbehaarten Brust gerissen. Ein schönes Herz! Ein frisches Herz! Dein Herz, Jupiter, geopfert auf den steinernen Stufen zum Altar der Macht?

Verworrne Wünsche, Fürst!

Ein selbständiges Gewissen sei Sonne deinem Sittentag!

Dort, auf dem Sofa, wurde alles ethisch. Und noch immer brennt das Licht. Und noch immer redet er zu dir? Und du wärest sein Barbar, der zu versittlichen wäre? Sein Jupiter! Sein störrisches Roß, sein –

Du träumst, während *er* arbeitet.

Träumen! In deinem Alter, Serenissimus! Nein, du entläßt ihn nicht, mit einem letzten landesväterlichen Blick, dankbar für das Licht, das wacht, während du dich hinlegst. Knabenträume träumst? Nein, Angst vor diesen Traumblüten ... nachtschwarz oder blutrot ... wo kommen die denn her? ... Nein! Nicht hinlegen! Nicht träumen!

... Er hält dich fest, im Finstern, unter dem Gewölbe, zwischen schweren Säulen, neben einem Sarg.

Unerfreulich, dieser Ort ... als wüchsen diese Traumblüten wie Flechten aus dem feuchten Stein ... Wie gern möchtest du dort sein. In dem einfachen, niedrigen Zimmer. Holz, kein Stein. Und teilnehmen ... und wissen, was er macht! ... bis du von selber einschläfst, kleiner Prinz, mitten im Satz – mit einem schönen Satz im Ohr. Beruhigt in seiner Gegenwart.

Poiein – machen, wörtlich, du kannst Griechisch – nein!, die Stunde des Poeten ist es nicht. Du kennst seinen Tagesrhythmus. Die ersten Morgenstunden. Aus dem letzten Traum heraus ans Stehpult – und ein *Schema* machen! – aber nüchtern, wach; nach einer kalten Dusche, der Massage mit dem weichen Schwamm, die den Kreislauf anregt; nach einem starken Kaffee. Bevor das Licht kommt mit Getös! Bevor die Post kommt, der Sekretär. Vor dem Frühstück. Auf leeren Magen. Im ersten Frühlicht, wenn die Bäume reglos dastehn, ohne Schatten, als harrten sie auf ihre Exekution. Den Kahlschlag. Die Stunde, da gehenkt, geköpft wird, garrottiert und stranguliert, erschossen, weggespritzt – in dieser stillen Stunde der Ernüchterung, in der Intimität eines Gefängnishofes, vor Neugier abgeschirmt durch eine hohe Mauer, einen dichten Buchenwald, einen dunklen Hügelzug – dort, jenseits des Hügels! Nein! Doch nicht in deinem Reich, Fürst! Da gibt es das Amt des Henkers nicht, darf es nicht geben! ... oder hättest du den Henker per Dekret zu beseitigen vergessen? Undenkbar! Die Stunde des Henkers, anderswo, ist hier die Stunde des Poieten. Als wolle er, die Sprache bindend, anschreiben gegen ... den Henker? Anderswo? ... War denn vom Henker gar die Rede nie? Erinnerst du dich nicht? Mußt du nach oben gehn? Nachschaun? All die Aufzeichnungen durchsehn? Was irritiert dich so? – Die Umrisse schattenhafter Bäume, die er gepflanzt hat – am Fuße jenes Buchenwaldes, im Schatten jenes Ettersberges – daß die noch immer stehn?

Nein! Der Henker ist abgeschafft, ganz in deinem Sinne. Nur ... was starrst du? Als starrten dich aus jenen Bäumen gelbe Eulenaugen an, und es wären keine Eulen, sondern ... Teufel? Was siehst du? Wo kommt das Bild her? Jene Gestalt mit Augenbinde. Arme, Rumpf und Beine mit Lederriemen festgeschnallt, auf einem Thron aus Stahl ... in *deiner* Residenz! Eine Maskerade? Und es wäre ein Maskenball gewesen, jene geräuschvolle Zerstreuung? Tanz, in der Hand das Stundenglas? Champagnerglas? Beim Jupiter! Fürst! All jene, unterm Arm den eignen Kopf. All die Durchsiebten. Ausgezehrten, Kahlgeschorenen, im gestreiften Kleid, die mit dem Strick am Hals! – und die stürzten sich von ihrem Holzkarren auf dein Büffet, das kalte, und sprächen eine fremde Sprache, und du hörtest nur dieses eine Wort: fucky! ... wie Sprachstörung, bei allen ... fucky! jedes zweite Wort ist: fucky!, diesen Strick am Hals ...

Du träumst! Mit offnen Augen! Und im Finstern! Fürst! Schau! Noch immer brennt das Licht!

Nein, der formt dir jetzt kein Griechisch Trauerspiel mehr um. Die Arbeit ist getan. Vor Sonnenaufgang. Die Sprache ist gezähmt, geformt, gebunden – und in Leder. Handlich, sparsam, sage ich, in dieser Ausgestaltung, keine Wiederholungen!

Nicht endlos, im Flackern der Kerze, in verrauchter Luft, mit Tränen in den Augen von dem Rauch, und mit Bluthochdruck, spät nachts, wenn der Kreislauf endlich in Schwung kommt, spiralförmig nach innen, verschraubt, verzahnt – geschundne Sprache, gefesselt, garrottiert, gegeißelt, Sprachschicht um Sprachschicht zerfetzt, bis nichts mehr bleibt, keine Gestalt mehr, keine Haut, kein Fleisch, kein Mensch, nur noch ... Skelett? ... nur fucky! Eine Sprachstörung? Und es wäre ... Tollhaus! ... all jene kleinen Männer, auf erhöhten Absätzen, der Hut ein umgekehrtes Beil, der Form nach, und die Hand in der Weste auf der Brust, und die sagten im Chor: Vous êtes un homme! Und die sagten: vom Sublimen zum Lächerlichen ist nur ein Schritt. Und die sagten: die Politik ist Schicksal! Und die Gestalt dort, auf dem Thron aus Stahl, formt mit trockenen Lippen einen Satz, ein Wort, und es klingt wie ... fucky? wie ... Fisches Nachtgesang? wie ... foutre des fous? wie futzpfitzen? ... wie ...

SADEDAS.

Was war denn das? Von jenem Namen war die Rede nie. Der Name ist doch längst ... ins Fabelbuch geschrieben? In den Registerband? Und auf den Spiegeln, in den Spiegelsälen, wäre es plötzlich aufgesprayt, blutrot und schmierig:

SADEDAS; nichts als SADEDAS auf allen Spiegeln ... und es wären Zerrspiegel! und du hättest diesen Brei im Bauch! im Kopf nur: Goethe! und du fändest ... den Abort nicht? Und es wäre ...

Tollhaus!

Laß dich nicht anstecken! Fürst!

Nein!

Keine Rhetorik! Kein Endlosband! und keine Laufmeter.

Ziemlich kompakt, im Grund. Das meiste sind Briefe, Gespräche, Rechenschaftsberichte, Wissenschaftliches, Aufsätze zu Kunst, Natur und Literatur, kaum Reden.

Da – an dem unerfreulichen Ort, über den dunklen Wiesen – eine Rede halten? Zu dem Ettersberg hin, an den Buchenwald, an die Bäume? bis sie nicken, wohlgefällig, wie im

Wind? Nein – auf Zimmerlautstärke, in dem niederen Gemach dort, auf dem Sofa. Allenfalls für einen Bühnenraum gemacht, ein Trauerspiel – so schreib Er noch eins! gedämpfte Tragik, maßvoll intoniert. Festigkeit in allem. Sinnstiftend; in einer geschönten Sprache. Und du wärest ihm dankbar dafür? Täusche dich nicht, Fürst! *der* ist *kein* Shakespeare! Der schönt dir am Ende noch den Teufel!

Und es nützt dir?

Ein schöner Teufel, mein Fürst, mit dem du einen Vertrag schließen kannst – dem du entkommst! Durch einen juristischen Trick, den *ich* nie habe begreifen können – und natürlich durch dieses bemühende Streben, das dir, daran zweifle ich nicht, nützt. Da mag auch, bei dem Streben nach oben, eine Grete auf der Strecke bleiben, du kennst doch die Sprache der Jäger. Im Stroh dort! im Kerker! wahnsinnig vor Angst, wahnsinnig vor Schuld – und du flögst schon zur nächsten Tat, der Sonne entgegen, in diesem leiernden Getöse vom Licht, das alle Schuld wegleiert?

Edel sei der Mensch, hilfreich und gut, schreibt er. Tatsächlich? So schreib Er's noch einmal. Noch einmal! Und noch einmal! Eine Losung schreib Er! Vorwärts! – schreib Er! Zum einundzwanzigsten Parteitag! schreib Er! in Schönschrift.

Und es nützt dir? Und du wärst selber ein Teufel?

Nein! Fürst! Dir wird ja schlecht – übers Geländer gebeugt. Du wirst mir ja krank – von all den Augen im Finstern – schwindlig wird dir, von all dem Wissen, was jeder macht! von dem Registrierband im Kopf! von dem Getöse im Ohr! von dem Geflüster der Echos vom Ettersberg her ... Übel wird dir, von all dem Brei im Bauch, wenn das Niedere schwillt! Du willst doch nicht ... eingehen? in die Geschichte?! diese Zerrspiegelsäle! So daß du kotzt, übers Geländer gebeugt. Nur nicht eingehen, Fürst! Nein! du willst ja nur teilnehmen, Anteil an dem, was er macht?

So geh hin!

Die Treppe hinunter, an der Musentafel vorbei, mit der tröstlichen Inschrift, die von seiner Hand ist – über die kleine Holzbrücke, geradenwegs durch die Schneise, knapp ein Kilometer Lauflinie. Schau nach, was er macht! Und du wärst wieder achtzehn? Kein Serenissimus, nein, sein Jupiter! Sein kranker Jupiter – mit Zahngicht, mit Gelbsucht, mit einem bösen Bein, nach einem schlimmen Ritt; Jupiter: vom Hund gebissen, vom Teufel gebissen, mit zerbissener Hand. Und du kämst durch die Nacht geritten, mit deinen Husaren – Leintuch überm Kopf – um Verwirrung zu stiften. Und er nähme wieder Anteil – liebend, mäßigend und belehrend. Sparsamkeit lehrend! An seinem Jupiter drechselnd, damit der unter seinem erziehenden Auge zum Staatsmann würde – zum ersten Diener des Staates! – und Jupiter wüchse vor den Augen seines Lehrers, während alle andern im Rat wie Drechslerpuppen erschienen, denen nur der Anstrich fehlt. Du willst keinen Anstrich, Jupiter! Dumpf und wahr willst du sein, dort auf dem Sofa – ohne Maske! ohne Bekleidung? – dumpf wie ein Tier, wahr wie ein Gott. Absolut!

Die ganze Welt regrediert, und nur du sollst nicht? Serenissimus? Du sollst nicht! Du sollst nicht! Nichts als Gebote! Unkörperliches Wissen! Ganz unkörperlich längst! Nicht einmal mehr Augen! Nur Photozellen! Elektronik! Und du – du träumst dich zurück in ein Märchen? Und es wäre gar nicht unkörperlich? Nicht sublim pädagogisch. Eine andere Lehre für beide, dort auf dem Sofa.

Der Altersunterschied – ideal! Achtzehn und sechsundzwanzig. Der Standesunterschied reizend – zu Rollentausch und Machtumkehr. Verwirrend wäre es, für beide. Nach dem langen, unkörperlichen Sehnen. Und du schliefest bei ihm im Garten; du hast doch nicht nur auf dem Sofa geschlafen! Und er schliefe bei dir im Schloß; er hat doch bei dir geschlafen, im Schloß.

Und es wäre wie Leibeigenschaft, wechselseitig, und dieses Wissenwollen, was der andere macht, wäre nicht bloß Anteilnahme, Neugier ... Eifersucht wäre es! Da wäre plötzlich Eifersucht in dem Sternbild, Eifersucht zwischen

Sonne und Mond und allen Planeten, und es wäre wie ... Tollhaus! Und du weißt doch, es wäre an dir gewesen, ihn zu entführen, Fürst! zu diesem Teufelsritt.

Und es wäre nichts als eine geräuschvolle Zerstreuung gewesen?

Strafbare Lust?

Nein! Verwirrung! Diese Kluft ist längst unüberbrückbar geworden – ein Abgrund – nur Finsternis, Schatten zwischen Bäumen, ein Licht.

Du kannst nicht zurück.

Fürst! Aus der Finsternis!

Und ihn stören!

Weiß Gott, was der macht?

Auf seinem Holzpferd, rittlings, die Schenkel gespreizt, so daß sie den ledernen Sattel wetzen, während er vorgebeugt über dem Stehpult in der Ecke ... über Landkarten gebeugt? die Koffer gepackt schon, im Kopf? die Pferde angespannt?! Entzieht sich der, hinter dem verräterischen hellen Viereck, heimlich, und denkt, daß du schläfst? Schon weg, über alle Wasserscheiden? Bei den idealen Knaben?! Und das Licht in dem Fenster wäre nichts als Täuschung ...und der säße in der Kutsche schon, unter falschem Namen, ein Herr Möller oder Miller, mit Dachsranzen und Mantelsack, im Gepäck Iphigenie und Winckelmann, neben jenem kleinen Mädchen mit der Harfe, das sich an Ahornbäumen freut, wie er – zur Freude der

Nachwelt? Und die Sonne würde sich verfinstern ... und der Mond sich verhüllen!

Läßt er dich allein zurück? Fürst, im Finstern?

Mit deiner Kriegskommissionsrepositur, unfertig; ein Entwurf erst, im Kopf. Allein an dem düsteren Ort, am Fuß des Ettersberges, mit seinem schlechten Holz, dem berüchtigten Klima, den wühlenden Karnickeln, ausgesetzt, um drauf zu schießen, eine Plage plötzlich, weil sie alles untergraben. Du bläst zur Jagd. Rufst nach deinen Husaren? Parforce-Pferden! Einer Stafette! Und in Fesseln, wenn es sein muß ... Gebunden wie ein Deserteur! Du läßt mich nicht allein! Mit dem Teufel! Im Schatten jenes dunklen Hügelzuges, im Schatten der Geschichte, der schon wächst ... verschwommener Schatten, der sich über dich legt, ein Zeichen? ... denn diese Zeit hat fürchterliche Zeichen ...

Nein! den läßt du nicht reisen. Nicht als Möller, nicht als Miller.

Architekt, der? Kunstmaler? Womöglich Geologe? Nur, um zu reisen? Nein. Kein Paß. Paß entzogen. Grenze zu! Mauer: hoch! Nadelöhr versperrt. Kein Eingang und kein Ausgang. Schlagbaum runter!

Und so säße er noch immer auf dem obszönen Sitzbock, rittlings, am Stehpult, über Zeichnungen gebeugt, als wär's ein Leuchtpult, und entwürfe dir auf dem Reißbrett die ideale menschliche Gestalt. Das ideale Bruststück? Vollendet er das ideale Ohr? Ein schönes Ohr? Ein schwieriges Organ, schwierig zu zeichnen ... Ja, zeichnet der? Oder spielt der ... mit Knöchelchen? ... Mit diesem Zwischenkieferknochen spielt der ... mit Steinchen, ausgewaschen, abgeschliffen, mit Glas ... ein Puzzle ... bis alles sich zusammenfügt! Nicht eher geht das Licht aus! Bis nicht alles paßt!

Alle Gestalten sind doch ähnlich.

So entwirft er, spielend, Pflanzen, aus der Urpflanze entwickelt, die er ... gefunden hat? erfunden? Tiere erfindet er, Gliedertierchen, die sich auf dem Papier von selbst entwickeln, feuerspeiend, wachsend, sich vermehren, vögelnde Drachen ... nein! ins Papier zurück, die Monster! Er zerreißt sie. Denn natürlich kann er, spielend, pröbelnd, denken – was nicht sein kann! Einen Löwen kann er zeichnen, der ein Horn trägt ... doch wozu? ... der Löwe braucht kein Horn! Der Löwe hat schon ein Gebiß und Krallen, da ist kein Material mehr übrig für ein Horn. Es wäre Verschwendung! Die Natur, selbst wenn sie spielt, ist sparsam, maßvoll, haushälterisch im Umgang mit dem Ur-Material. Auf Gleichgewicht bedacht, den Ausgleich suchend, das geschlossene System. Von allem etwas, und von nichts zuviel. Die Natur verwirft mit einer kleinen Handbewegung den gehörnten Löwen. Mit dem Horn, der Leib womöglich noch gepanzert, wäre er der Natur eine Gefahr, unbesiegbar, ein zerstörerisches Ungeheuer, das den Ausgleich stört, das Urgesetz der Ökonomie, die Planwirtschaft.

Nein! kein gehörnter Löwe. Die Natur zerstört sich doch nicht selbst ... ein System, das sich verzehrt in seiner Gier ... und aus der Zerstörung wüchse ein neues Ur? Aus dem Ur-Gestein die Gebirge ... das Ur-Gebirge erfindet er dir neu! Nicht so vulkanisch. Nicht so eruptiv. Und das Gestein führt zu den Pflanzen, die Flora führt zur Fauna, die Fauna führt zur Anatomie, zum Knochenbau, zu diesem Zwischenkieferknochen, zu diesen Wirbeln führt es, und die Wirbel führen ... ja, wo führt das hin ... dort, auf dem Sitzbock, vorgeneigt auf dem abgewetzten Ledersattel, in obszönster Stellung, rittlings, spät nachts, galoppiert der über alle Grenzen des Realen und Gemeinen weit hinaus ...

So laß ihn ziehn, wohin er will!

Fürst?

Nichts als ein Schatten, unter einem düsteren Gewölbe, zwischen schweren Säulen; ein stillgelegter Brunnen: ein antiker Sarg.

Entkommen?

In ein Land, das es nicht gibt?

Sperranlagen! Mauern, Wachttürme, Stacheldraht. Du siehst von fern, an der grauen Wand im unbetretbaren Gebiet, die Schatten großer Wachhunde an den Laufleinen. Barrieren. Pfähle. Beton-Kreuze. Pflöcke. Schlagbäume. Ein verminter Todesstreifen ringsum, Selbstschußanlagen. Ein Labyrinth aus Gitterkäfigen, da mußt du durch – durch das Nadelöhr in der Umzäunung – wie ein dressiertes Raubtier in die Arena.

Paß? Visum? Zählkarte?

Der Blick – ein schwarzer Blick – trifft direkt in die Augen.

Drogen? Waffen? Alkohol? Hast du Kriegsspielzeug dabei? Das Modell einer Flugmaschine, bestückt mit Lenkwaffen, zum Zusammensetzen, um die Jugend, die männliche vornehmlich, zu verderben? Eine kleine Peitsche, für Kindsmißhandlungen? Ausländisches Geld? Inländisches Geld? Willst du die Staatsbank sprengen? Sprengstoff? Druckerzeugnisse? Bücher? Die werden durchgeblättert – durchleuchtet. Jedes Wort hat ein spezifisches Gewicht hier. Ein geregelter Sprachraum! Die

Sprache ist gebunden und in Zucht genommen. «Das System der Natur»? – geht durch; Holbach ist zwar ein langweiliger Greis – nichts zum Träumen, nichts zum Schwärmen – aber immerhin ein aufgeklärter Materialist. Und lange Zeit am rechten Ort verboten. Der «Werther»? – kein Problem. Die «Farbenlehre» schaut man sich besser nicht zu genau an ... vor allem gegen Ende nicht, wo diese sittlich-sinnliche Bewertung von allem und jedem etwas zwanghaft wird, ideologisch problematisch ... Hamann?! Was willst du denn mit Hamann?! Ausgerechnet du – mit der metakritischen Vernunft?! Ein Reizwort: Hamann kennt man, doch man versteht ihn nicht! Kein Wunder. Der verstand sich selber nicht, am Ende seines Lebens, krank von Freßsucht und Verstopfung. Dieser Brei – aus Zitaten, absichtlich bis zur Unkenntlichkeit entstellt, so daß man sie entschlüsseln muß, dechiffrieren wie geheime Botschaft ... eine stete Beunruhigung höhern Orts: Mit Hamann und der Gesamtausgabe seiner Schriften sollte man sich endlich sehr genau befassen ... Man befaßt sich ja mit Hamann, höhern Orts! Sogar der pensionierte Chefideologe (vom Kopf auf die Füße gestellt, inzwischen, von seinen Nachfolgern im Amt) befaßt sich, hört man, mit Hamann und entwickelt über diesen außerordentlichen Geist so gründliche Ansichten, wie sie nur aus dem gewissenhaftesten Studium des Gegenstandes hervorgehen können. Mehr hört man, über Hamann, via Hofberichterstattung, nicht. Was man so flüstern hört, in niedrigeren Regionen, über Hamann? Erpresserischer Strichjunge in London. Läßt sich von einem andern Lustknaben aushalten, der seinerseits von einem hohen Herrn ausgehalten wird, den besagter Hamann durch Diebstahl kompromittierender Briefe zu erpressen sucht ... düstere Geschäfte im frühkapitalistischen London! Bis Hamann eines Tages die Bibel aufschlägt und aufschreit: Gott! ein Schriftsteller! – und sogleich selber einer wird.

Schriftsteller, eine Empfehlung höhern Orts?

Nun, die Sprache ist immerhin die Gebärmutter der Vernunft – sagt Hamann.

Hamann? Dieser Spermologe? Mit seinem Vokabular des Unterleibs, des Urogenitaltraktes, der peinlichen Verdauung, als wäre alle Strichjungenhaftigkeit in die Gebärmutter der Vernunft gefahren, sehr pietistisch überdies, als hielte ihn der Heiland bei den Haaren, während dieses Vorganges des ... Hineinfahrens? Hinausfahrens? ... mein Gott! ... Hamann, der dem guten Kant den Lachs des gemeinsamen Verlegers wegfrißt, derart, daß Kant nichts als die Gräten bleiben ...

Mein Gott! die Metakritik läßt du zu Haus! Nicht auch noch Hamann! Man traut dir sowieso nicht.

Du weißt doch, was man bei dir sucht ... Hat

man's nicht immer schon gesucht, damit man es den Flammen übergeben kann, dem reinigenden Feuer. Damit es aus der Welt wäre! Die Asche in den Wind gestreut... Komm! Wo hast du's denn versteckt? Die Stimme aus dem Sumpf ... der Tugendschreckensherrschaft, dem Sumpf des Direktoriums, dem Sumpf des Kaiserreichs, dem Sumpf ... nichts als Sumpf! Du wirst abgeführt. Du hast nichts anderes erwartet. Durch lange, unterirdische Gänge in dem Grenz- und Sperrgebiet. In eine kahle, grelle Betonzelle. Vergleichsweise grell nach dem zeitlosen Dämmer, dem unruhigen Flakkern des Kerzenlichtes an den Wänden. Grell, schmerzhaft, viel schlimmer als jene Düsternis – du kannst nichts mehr verstecken! Neonröhren an der Decke, keine Fenster, ein Tisch, ein Papierkorb. Der junge Mann in seiner plumpen schwarzen Uniform – kein Offizier, also nicht zwangsläufig Parteimitglied, ziemlich unzuständig, sehr jung noch ... ein gutes Zeichen? ein schlechtes?... Der Junge lehnt sich mit dem Rücken an die eigentümlich fugenlose Betonwand und heißt dich, alle Taschen leeren: auf den Tisch da. Hosentaschen. Manteltaschen, Gesäßtaschen, Rocktaschen – jedes Zettelchen ... nichts als Zettelchen! deine ganze Existenz aus Zettelchen! du kannst ja nicht aufhören, Zettelchen zu produzieren! – Adressen? Deine Komplizen? Ein Rezept zur Giftmischung? Zur Abtreibung? Ein Museums-Zettelchen! Ein

Kino-Zettelchen! Ein U-Bahn-Zettelchen! Ein ganz verwestes Zettelchen, verkrümelt ... Ja, warum schaut der denn die Zettelchen nicht an? Schielt nur verstohlen, aus dunklen Augenwinkeln; schaut hin, schaut weg, zu Boden, auf seine großen schwarzen Schuhe, als würde er sich schämen. Was will der denn? gegen die Wand gelehnt, die Hände überm Kreuz, die Beine übereinander ... Was will der noch?

Ein größeres Behältnis? Was für ein Behältnis?! Wie groß, bitte? Ein Etui?! Ganz geniert, als hätte er genauen Auftrag und als fürchtete er, du könntest, was er zu suchen Auftrag hat, tatsächlich bei dir haben – mitführen, sagt der! – und er müßte es abführen!

Die Gebärmutter der Vernunft?!

Wo hast du's denn versteckt?

Du nimmst die Hände hoch. Soll er es doch suchen, der junge Mann! Soll er dich doch befingern, und er fände nichts ... nichts ... nichts ... da! Ja, was haben wir denn da? Was ist denn das? Was schwillt dir da ... Nein! Das kann er dir nicht nehmen! Niemand kann das! ... Schon hast du dich verraten. Hast du's verschluckt? Du müßtest es verschlucken, dir einverleiben, auf Mikrofilm, in Kügelchen aus Plastik, in Kondomen, gut verschnürt ... Soll ich mich ausziehn? Und er käme endlich, dieser junge Mann, gäbe sich endlich diesen kleinen Ruck, würde sich lösen von seiner eigentümlich fugenlosen Wand, und die Scham – ein

Schmerz, ein unerklärlicher? warum denn unerklärlich? Kierkegaard? komm mir nicht noch mit Kierkegaard, in diesem Augenblick! – die Scham, durchaus erklärbar, würde ich sagen, verliehe seinen glattrasierten, knabenhaften Wangen ein wenig Farbe! Hochrot im Gesicht! Und mit dem feuchten Glanz der schwarzen Augen unter dem schwarzen Haar, der schwarzen Mütze! Und er entnähme der Schublade in dem Tisch den Gummihandschuh. Und er würde sich den Handschuh langsam über seine Proletarierhand stülpen ... und er bäte dich, mit heiserer, von der Scham schon fast erstickter Stimme, dich umzudrehen und dich vorzubeugen ... und so stündest du! in der kahlen Betonzelle, in dem grellen Licht der Röhren, nackt, gebückt, die Hände auf die Knie gestützt ... soll er's doch suchen! Mit seinen Gummifingern, mit der ganzen Hand, mit seiner revolutionären Faust ... würde er fündig? ... während du riechen könntest, wie der schwitzt, unter der plumpen Uniform, vor Pein.

Keine Chance, Mann!

Du kannst ja nicht einmal den Grund der Reise nennen. Und das mußt du! Tourist? Geschäftlich? Ausgerechnet du! Besuch? Bei wem? Verwandtschaftlich? Oder womöglich ... wer will dich noch heiraten?

Ja, wo kommst du überhaupt so plötzlich her? Und stündest plötzlich vor dem engen Nadelöhr? Und begehrtest Einlaß? dringend?

Laßt mich ein! Laß mich hinein! Nackt? Womöglich nackt.

So unbedacht! Nicht vorbereitet und nicht eingeführt!

Da mußt du nämlich auch wieder hinaus: da! wo du hineingeschlüpft! Beim ersten wärst du frei? Beim zweiten bist du Knecht?

S' ist ein Gesetz!

Du – ein Gespenst?

So plötzlich?

Eruptiv – wie immer – und von weit her?

Aus dem Niemandsland?

Ein weißer Fleck auf der Landkarte – eingezäunt, ummauert, ausgespart. Als solle niemand, der von außen kommt – oder von innen? – kein Abtrünniger, kein Ausbrecher, kein Deserteur, kein Renegat sich zurechtfinden im Straßenlabyrinth von Sodom, wo du bauen darfst, wie du willst, in die Höhe, in die Tiefe, in die Breite, planlos, egal in welchem Stil ...

Sodom?

Wo du fressen darfst, was dir gefällt! Den Hunger stillen, endlich. Hunger? Die Gelüste. Italienisch? Griechisch? Türkisch? Vietnamesisch? Oder gar französisch? Und alles, was auf der Speisekarte steht, ist auch zu haben! Keine Attrappen, diese Speisekarten, kein Einheitsmenü mit vielen Namen, nein, alles schmeckt tatsächlich anders. Käse – nichts als Käse – sechshundert Sorten! Im Kaufhaus des Westens, sechster Stock, wird dir fast schlecht von dem

Geruch! Trüffel, schwarze oder lieber weiße? Oder lieber Truffes? Sündhaft teuer. Sündhaft?

Sodom?

Wo du deiner Spielleidenschaft frönen darfst, vierundzwanzig Stunden lang. In den Spielsalons, wo diese Automaten stehn, einarmige Banditen, Glücksräder, Videoschirme – still alive! alive! quäken die Außerirdischen mit Computerstimme – alive! – da darfst du hemmungslos auf Männchen schießen, nicht nur auf Außerirdische, nein, auf heroische Dschungelkämpfer in Tarnanzügen; Dachdecker darfst du von den Dächern schießen, Panzerschlachten darfst du schlagen, Lenkwaffen ins Ziel lenken, Panzerkreuzer versenken, Wüstenkriege entfesseln, Städte bombardieren, Galaxien auslöschen, eine nach der andern – breitbeinig vor dem Bildschirm, mit verspannten Backen, die bei jedem Schuß vibrieren – großes Kind! hier darfst du's sein und mit den andern Kindern spielen, nur ein bißchen spielen mit dem Kind, bis das Kind quietscht und schrillt wie ein einarmiger Bandit – mit dem einarmigen Banditen spielen, bis es Galaxien regnet ...

Sodom?

Ein Stich. Koloriert, gerötelt. Wie von Feuerfunken in der Luft. Die Flüchtenden, die sich nicht umsehn dürfen, ducken sich im Funkenregen, gerötelt, als wären sie schon von der Glut erfaßt ... nur die Salzsäule ist weiß, ein Umriß, eine Hohlform! Da starrst du! Ausgerechnet im Musikzimmer, höhern Orts. Da ist auch dieser Satyr, der von nackten Amorputten ausgepeitscht wird, und mit Skorpionen – eine Austreibung. Sublim. Beim Hauskonzert –

Sodoms gedenken? Einen Augenblick lang, beim bürgerlichen Hauskonzert? Ein Mißton! Denn Sodom gibt es nicht mehr! Wer spricht noch von Sodom?

Sodom?

Theaterdonner – große Inszenierung – opernhaft, ein Vulkanausbruch auf Breitleinwand – apokalyptisch – Cinemascope mit Dolby Stereo.

Verkehrst du denn mit Engeln?! gleichgeschlechtlich? Redest mit Engelszungen, atemlos und stumm? Erkennst du einen Engel? wohnst ihm bei? Liegst du beim Knaben, wie man beim Weibe liegt? und flüsterst, wenn er über dich kommt: Engel! Engel? Männer! Nichts als Männer! Und die zerren dich ins Haus, und die schlagen dich mit Blindheit, daß du nicht mehr weißt, wo ein noch aus, und so bleibst du bei dem Manne liegen – und kein Heiland packt dich bei den Haaren – wie ein Weib. Und beim Weibe liegst du, als wärest du ihr Knabe. Und beim Knaben liegst du, wie man beim Manne liegt, bis es über dich kommt. Als wäre es dein Blut, aus der Schlagader. Und so lägest du am Ende auf der Seite, eingerollt, embryonal, erstarrt, wie man im Schlafe liegt, als schütztest du noch immer mit den Armen dein Gesicht, vor diesem Funkenregen, dem Gesteinshagel der Steinigung, lebendigen Leibs begraben, bewahrt unter dem erkalteten Gestein, von Ewigkeit zu Ewigkeit, eine Hohlform, mit Gips ausgegossen.

Du liegst doch überhaupt nicht! sondern stehst. Gebückt, die Hände auf den Knien. Du kauerst, und auf allen vieren. Du kniest! Du sitzt. Mit weit gespreizten Schenkeln – kurz vorm Bersten!

Du kommst direkt aus dem «Knast», aus dem «Kittchen» kommst du, aus dem «Twilight», dieser Katakombe, aus Onkel Tom of Finlands kleiner Hütte, dieser Cowboy-Bar, und aus dem Keller, wo die Badewannen stehn, wo die Boys im Finstern Kohle schaufeln, aus dem Tiergarten kommst du, aus dem Gebüsch, aus der «Apollo City Sauna» ...

Du? Ausgerechnet dort? In dieser Stadt?

Zur rechten Zeit, am rechten Ort, in einer Zwischeneiszeit, einer Zwischenkriegszeit, da die Geschichte einen Augenblick den Atem angehalten hat ... keine Schreckensherrschaft mehr! Keine Geschichte! Kein Triumvirat, kein Direktorium, keine Restauration und keine Revolution ... nein! plötzlich frei!

Du kannst gehen, wohin du willst. Reisen! Auswandern! In eine vergleichsweise unchristliche Stadt. Nicht recht protestantisch, nicht eingefleischt katholisch und schon gar nicht puritanisch. Jeder nach seiner façon. Gott? ein

Schriftsteller, unter andern Schriftstellern. Und jeder darf schreiben, was er will. Du wirst nicht beim Wort genommen – das Wort wiegt leicht. Es strömt so leicht von ihren Lippen, ungebunden, halb verschluckt und stark verschliffen. Die sagen alles. Und in der Du-Form! Sofort. Eine sehr orale Stadt. Nicht zu eng. Nicht zu groß: so daß der Privatverkehr erstickend würde, die Infrastruktur überlastet, lange Wartezeiten auf der Bank, der Post, nein, noch funktioniert die Infrastruktur fast perfekt ... Alles da, was du brauchst, und leicht verfügbar – in Reichweite! Eine Frei-Stadt. Fast ein kleiner Freistaat ... denn die großen Mächte, die gefürchteten, kümmern sich nur um einiges Oberaufsichtliche ... fern! und vier! nicht *eine* Staatsmacht ... Ein großes Dorf im Grund, Zusammenballung kleiner Dörfer, die zusammengewachsen sind zu einer Stadt, eingehagt, von aller patriotischen Verpflichtung freigestellt.

Kein Land, keine Nation, nur eine Stadt. Und in Städten fühlst du dich daheim. Da ist die Natur dem Menschen untertan gemacht, dienstbar, Spielplatz für Lustbarkeiten, Lustgärten, ein wenig verwildert. Am Rand Seen, ein Stadtwald für den Ausritt, für den täglichen Spaziergang – so lange du willst, bequem und ungefährlich. Die letzten Wildschweine sind scheu. Das Haustier dominiert, Hunde vor allem. Raubtiere kannst du im Zoo bewundern: Löwe, Tiger, Puma; die getüpfelte Hyäne; Giftschlangen, deren Biß tödlich ist; das Behemoth, mit Knochen wie Röhren aus Erz – ein simples Nilpferd! – beim Unterwasserfick, dem Badespaß (zu dritt); das Krokodil – der sagenhafte Leviathan, der freiwillig mit dir keinen Vertrag schlösse, niemals – hinter Eisenstahl und Panzerglas! Hautnah fast. Wenn du den Schrecken brauchst, das Gruseln, damit du nie vergißt, wie schrecklich die Natur ist. Schamlos, ohne Gnade. Ein Ungeheuer. Hier kannst du sie studieren, aus eigner Anschauung, nicht nur vom Hörensagen, nach Berichten Weitgereister, die den gehörnten Löwen von ferne sahen – nachträglich gezeichnet, mit viel Phantasie, kunstvoll in Kupfer gestochen, aus dem Gedächtnis koloriert von Hand – hübsch zwar, aber ungenau – umwittert von Geheimnis, Dschungel, Tropenwald. Baumungeheuer! Schwindelerregend! Hindernisse! Abgeholzt! Du willst doch eine breite Straße haben – wenn du schon reisen sollst. Doch im Grunde brauchst du nicht mehr zu reisen – unbequem! Dein Mammutbäumchen drechselst du, auf Zimmergröße reduziert, mit Draht, mit Scheren, genau nach der Natur, deren Bild du jederzeit abrufen kannst, photographisch viel genauer festgehalten, als dein Auge es vermag. Nein! Kein Geheimnis mehr! Dein Auge dringt in das letzte Dunkel winzigster Unsichtbarkeit! Das scheue Nachttier: ausgestellt im Nachttierhaus! Geschickt beleuchtet. Ein Dämmer für das Tier,

Licht genug für deine Augen, im Finstern unsichtbar, allgegenwärtig – und bei Tag! – so daß du jetzt den dir bis anhin unbekannten Springhasen aus Afrika bei seiner vermeintlich nächtlichen Aktivität, diesem Bespringen, eindeutig bestimmen kannst. Dem Dunkel entrissen. Von heiligem Schauer befreit. Enzyklopädisch erfaßt, beschrieben, ins System eingeordnet. Und eingesperrt – in die Gebärmutter der Vernunft.

Die freie Natur – das bist du!

Das einzige Ungeheuer, das dich interessiert. Du, deinesgleichen, und im freien Umgang miteinander, ohne Panzerglas und ohne Gummihandschuh.

Stell dir vor: die Syphilis ist heilbar! Die Pocken: ausgerottet! Die Gonokokken: weggespritzt! nicht schlimmer als ein Schnupfen. Stell dir vor – auch die Natur hält einen Augenblick den Atem an – als wäre sie... befriedet? in Schach gehalten. Durch synthetische Schimmelpilze. Nicht besiegt! Du bist doch nicht naiv.

Nein – du bist nicht einer, der bespringt. Im Grunde reizt dich das *Sagen* ebenso wie dieses *Tun*, das *Tun* nur im Verhältnis zu dem *Sagen*, die *Tat* nur im Verhältnis zu dem *Wort*.

Und das ist gefährlich. Denn das Wort ist die Gebärmutter der Vernunft, und der Gedanke wäre der Same der Vernunft? und das Kind, die werdende Vernunft im Leib der Sprache, wäre eine Frucht des Bewußtseins, tief eingepflanzt – von außen – und nicht umgekehrt? – denn ohne das Denken, dieses Sagen, und in Wörtern, ist Bewußtsein ganz undenkbar. Ist nur Tat. Ein Urphänomen.

Fände nämlich jener Gummifinger in der Betonzelle, der in deinem Hintern grübelt, nichts als die Spuren deiner letzten Lust – ein bißchen Schleim? Ein Rest verschenkten Denkens? Erkennt er's überhaupt in seiner Scham? Er würde sich nichts denken und nichts sagen. Sähe er – wenn der noch lange grübelt! –, wie deine Gedankenschleuder zuckt – spürt er's denn nicht, in seiner Scham? –, er würde es stillschweigend übersehen. Bis er gefunden hätte, was er sucht – ja, fände er's! der kann noch lange! – du müßtest es dem uniformierten Finger ziemlich deutlich sagen: Vergiß es! Fick mich! – mit erstickter Stimme – und es wäre ein Vergehen.
Korruptionsversuch.
In seiner Scham bekäme der glatt Panik. Du müßtest den geradezu verführen. An die plumpe Hose fassen, bis er nicht mehr kann? Vergewaltigen müßtest du den – und zwar verbal, es geht nicht anders, mit vertauschten Rollen –
Überzeugen?
Sie können, Monsieur, was Sie suchen, gar

nicht finden. Es ist verloren! Und ich weine bittre Tränen. Mein teures Etui! Von meiner verstorbenen Frau auf Maß gefertigt! Vom Volk entrissen! An jenem hochberühmten 14. Juli, und das ist nun schon dermaßen lange her – wie soll ich's wiederfinden? Volkseigentum, sagen Sie? Nun gut, Monsieur – aber der Inhalt jenes Etuis, die Ideologie des Etuis gewissermaßen, jene Papierrolle, die Sie doch suchen und die, wie ich gern zugebe, in jenem Etui versteckt war: die ist doch gar nicht fertig! nur Plan, Fragment! ganz ohne Nutzen für ihr Volk! Im Gegenteil: Verwirrung stiftend! Und so muß ich, Monsieur, ständig diese Zettelchen produzieren, um das verlorene Manuskript zu rekonstruieren und zugleich all die Fehler auszumerzen, von denen der Text wimmelt – lauter Zettelchen, Monsieur, die Sie hochnotpeinlich zu suchen Auftrag haben, und wäre es da nicht für beide Seiten besser... Ja, was wäre da besser... Monsieur? Volkseigentum, sagen Sie? Aber doch nicht das Etui! Das ist Privat*besitz*. Kein Produktionsmittel! Und so hätten Sie denn nicht die Güte, Monsieur, mich für den durch ein durchaus begrüßenswertes revolutionäres Ereignis erlittenen Verlust jenes *Genußmittels* mittels Introduktion... zu entschädigen?! Eine vergleichsweise bescheidene Entschädigungsforderung, Monsieur! Und während der Abwicklung besagter Entschädigungsforderung, Monsieur, können Sie sich auf die angenehmste

Art von der Wahrheit meiner Aussage, das größere Behältnis betreffend, überzeugen! Und überdies, Monsieur, gebe ich Ihnen nach besagter Abwicklung, derart entschädigt, exklusiv, mit allen Details, den Verlauf jenes revolutionären Ereignisses zu Protokoll: die Stürmung der Bastille, Monsieur! aus erster Hand, Monsieur! Authentisch!

Aber Monsieur! Was reden Sie denn da! Schon wieder von nichts als Sodomie? Sie haben besagtes Ereignis gar nicht selbst erlebt! Sie waren doch am 14. Juli 1789 im Tollhaus, nicht? Pseudologia phantastica! Sie lügen wie gedruckt, das ist bekannt. Nichts als ein Trick!

Zuerst ficken, dann reden?

Nein – du hältst dein Glühlämpchen des aufgeklärten Geistes, dein Rektoskop der Philosophie, rhetorisch zur lodernden Fackel entfacht – dein irrlichterndes Feuerzeug hältst du in den Muttermund zum Dunkelraum der Apollo-City-Sauna, der sich zur Gebärmutter hin öffnet, labyrinthisch, finster, kaum ein Flimmern in den Kammern... und schaust dir selber zu dabei?
    Du siehst ja nichts! Fast nichts.
    Im letzten Widerschein bläulichen Nachtlichts das Fluoreszieren züchtiger Lendentücher und das Glimmen weißer Laken auf den

Pritschen in den Seitenkammern, diesen Wurmfortsätzen. Die Körper, die sich in das Glimmen legen, schrumpfen eigentümlich, dörren aus wie Mumien, ununterscheidbar und unkenntlich, Hohlformen, die das Licht verschlucken, das von den Laken ausgeht, die es reflektieren – so daß das Licht, von den Körpern absorbiert, zugrunde geht. Da! – schrumpfen zwei, die beieinander liegen, und verlieren ihren Umriß; eine Hand ist weg, ein Kopf verloren; vier mumiendürre Beinchen bilden ein Doppelkreuz; zuckende, unbestimmbare Gliedmaßen – Arme? Beine? – an einer buckeligen Unform, die sich wellenförmig an Ort bewegt und Licht schluckt, pulsierend. Fast geräuschlos. Nur ein leises Schmatzen, manchmal. Wie am flachen Ufer eines seichten Teichs. Gedämpft – du merkst es erst allmählich – von Klängen, die allgegenwärtig, und von nirgendsher, alle spezifischen, lokalisierbaren Töne dämpfen. Sphärenklänge?! Du schwebst, du gleitest ohne Bodenhaftung, in den Klängen, durch den dumpfen, schwülen Raum, ohne Geruch, als wärest du betäubt – betäubt?! Nein. Keine Panik! Du empfindest deine Haut an deiner Haut, den kleinen Schmerz. Und da sind Spiegel, die Bewegung spiegeln, in der Dunkelheit, diffus, Raum vortäuschend, wo Wände sind. Höhlen. Stollen. Schächte. Schemenhaft flammt ein Gesicht im Flämmchen deines Feuerzeuges auf. In welche Gesellschaft bist du da geraten... Schatten, die aneinander vorbeigleiten – und plötzlich, im Vorbeigleiten, faßt dir ein Schatten an den Schwanz unter dem Tuch – ein Griff, und weg – als wär's ein Gruß. Prüfend. Und bei allen. Und allmählich wachst du auf aus der Betäubung... ein Verlangen, schwebendes Verlangen, zielos noch... Du spürst nur unterm Lendentuch, wie sich die Halbschleimhäute kräuseln, fröstelnd, wie von einem Schrecken, heiß-kaltes Verlangen, stillbar plötzlich?, Ur-Verlangen aus zweihundert Jahren Einsamkeit! Wer redet da von tausend? Nein, zweihundert Jahre sind genug. Zweihundert Jahre reden! Nichts als reden. Benennen. Systematisieren. Diagnostizieren. Zweihundert Jahre! Nur manchmal ein wenig erlöst, noch in einem andern Leben, und schon gegen Ende jenes andern Lebens, nicht in *diesem* Leben, nie im Leben mehr erlöst, sage ich, durch die Gegenwart, reine Gegenwart!, eines sechzehnjährigen Kindes in deinem Bett, unbeteiligt wie ein Brett, beim Verkehr mit dem Scheintoten – nur scheintot, du! – so daß deine Brustwarzen sich zusammenziehen, kräuselnd, furchtbar erektil, dieses Gewebe – in Erinnerung an die letzte Stillung des Verlangens? – Nein! die Erinnerung an das letzte Mal ist immer quälend! Nein! keine Erinnerung ist hier mehr denkbar! Nur ein Frösteln in diesem Raum, der wie geschaffen ist, um zu vergessen, im Innersten der Erde, finster, damit nichts mehr zu erkennen wäre, nichts mehr zu benennen wäre, nichts mehr zu sagen – eine Blendung.

Anziehungskräfte. Magnetfelder, Gravitation.

Wie Himmelskörper, die im gleichgültig leeren Raum, dem Gesetz der Gravitation gehorchend, von einander angezogen werden... so ist da plötzlich eine zwangsläufige Bewegung aufeinander zu. Aus einem Schattenpulk heraus. Wie aus einer Moschusherde, nachts. Da schwebt ein Schatten dir entgegen – während du auf ihn zuschwebst und spürst, wie von dieser Anziehungskraft angezogen dein Schwanz nach oben schnellt – denn es gilt dir! Es gilt! Du schauderst vor Erwartung. Und du weißt, daß du zweihundert Jahre lang auf diesen Augenblick gewartet hast. Und dich weitere zweihundert Jahre lang an diesen einen Augenblick erinnern wirst... Warum erinnern?! Deine Haut erinnert sich naturgemäß an nichts. Es sei denn, im Augenblick der Wiederholung, und da ist Erinnerung sinnlos, störend, schmerzhaft. Die Augen? Haben nichts gesehen. Fast nichts. Nur diffuse Schatten und einen großen Umriß, nah jetzt, sehr groß. Das Gehör? Hat nichts gehört. Ganz eigentümlich: nichts! Nicht einmal Sphärenklänge mehr... als wäre der Ton ausgefallen. Bildstörung. Es geht so schnell – es geht zu schnell! Gespürt? Erinnerst du dich denn? Ist's möglich... im Augenblick des Aufpralls, bei der unwillkürlichen Berührung an den Schultern, ein Reflex, als wolltest du dich festhalten, mit deinen Totenhänden, die erwachen, wie zum Leben... daß die Haut sehr jung ist, im Vergleich... La Jeunesse?... glatte, straffe, feuchte Haut. Nur ein Erkennen. Gerochen? Nichts. Ein kühler Lufthauch plötzlich – und die fröstelnde Empfindung von heißen, nassen Lippen, die auf deinem Leib rasch abwärts wandern – und zur Sache kommen. Der geht vor dir auf die Knie. Der lüftet deinen Vorhang; legt dir das Lendentuch, im Knien noch, von unten her, mit einer großen, krönenden Bewegung, wie eine Schärpe um den Hals, richtet sich auf, dreht sich schon um und steckt sich deine Sache in den Hintern, als wär's ein... Hölzchen. Kautschuk. Gummi. Weiches Leder. Eine Frucht, die er sich einverleibt und schluckt. Gespürt? Du siehst jetzt – eigentümlich! – mit dem Auge deiner Eichel den hellgrauen Trichter – gesalbt? dich zu empfangen? geschmiert von deinem Vorgänger? warm? glitschig? – derart, daß es dich hineinzieht, spiralförmig nach innen, so daß deine Hüfte in Schwingungen gerät, ganz unwillkürlich, in Schwung gesetzt von diesem Antrieb –

So hast du dein ganzes Leben nie gefickt. Denkbar? In diesem Augenblick? Als Satz? Der einzig mögliche? Festgeklammert an der Brust, festgesaugt zwischen den Schulterblättern, denn der Nacken ist dir nicht erreichbar, auf dem Siegfriedsfleck, als kleiner Drache, als würdest du den Absturz fürchten, vorzeitig, bei diesem Hochzeitsflug, den kalten Wassereimer, wie ein Hund, den Fußtritt in den Hintern, das Fallbeil – und du fielest tot zur Erde nieder – Asche, in den Wind gestreut – und es wäre nicht vollbracht! Es wäre nichts gewesen. Wieder einmal nichts. Nichts wäre vollzogen. Nichts wäre gezeugt. Nicht einmal die Vernunft! Die Vernunft? Den Sittenpolizisten fürchtest du! Der aus dem Dunkel auftaucht, und es würde plötzlich blendend hell. Den Sittenwächter, der aus dem Gebüsch hochschnellt und dazwischentritt. Den Sumpf – den kannst du nicht vergessen! –, den Angriff dieser Schaumgebornen aus dem Sumpf, und alles Leben kommt doch aus dem Sumpf, die heimtückisch langsamen Spirochäten, die resistenten Gonokokken, die hartnäckigen Herpesviren, krebserzeugend, die hochinfektiösen, rasch mutierenden Gelbsuchtviren, A und B und Non-A-non-B, von den Retroviren nicht zu reden, noch nicht!, die Parasiten! Mykosporen! Pilzfäden – die dich durchwuchern, und du steckst da drin, im Sumpf – und du wärest noch nicht fertig, nein, noch lange nicht, und du dürftest nie mehr fertig werden, nie mehr... fertig werden!

Aufhören! sage ich.

Willst du doch sagen!

Doch du kannst nicht. Denn du geiferst. Unwillkürlich. Festgesaugt zwischen diesen Schulterblättern.

Bremsen!
Du kannst nicht!
Ein Schwungrad. Eine Nähmaschine. Ein Verbrennungsmotor. Ein Preßluftbohrer... daß es dir im Schädel dröhnt!
Still sein! Verhalten!
Und es wäre ewig. Ewig schön.
Du könntest alles denken, oder gar nichts. Denn du hättest Zeit. Für Empfindung, für Gefühl, für das Geringste, und noch das Geringste wäre sagbar. Und es läge ein Geschmack in deinem Mund – ein wenig salzig? Und es stiege ein Geruch auf von der Haut, dem Körper, und der Geruch wäre warm, ein wenig kotig, erdig... und es wäre keine Verwesung... Und ringsum ist es still. Und du hörst ihn leise keuchen. Ihn? Wen denn? den Körper? dich? Nur Atem. Ein Geräusch, nur Luft... Luft... Atmen!
Und – plötzlich verschlägt es dir den Atem. Die Hinterbacken reißt es dir zusammen!
Die Knie werden dir weich – und du läßt alles fahren. Stoßweise. Unter Krämpfen. Zweihundert Jahre! Und es ist der Same aus dem Sumpf. Und es ist Information, gespeichert Jahrmillionen, eine Schrift, chiffriert, die du an die Darm-Wand sprayst, und die Chiffre, und du weißt es, ist der Tod. Seit Jahrmillionen. Und über die Oberfläche deiner Haut jagen die Schrecken, und dich schaudert.
Und?!

Das ist alles. Du wirst hergegeben, ausgestoßen und entlassen. Mit einem kleinen Backenstreich einer verhältnismäßig großen Hand.

Und da stehst du – und im Finstern – und jetzt weißt du, daß du lebst.

Eine warme Dusche. Nackt unter Nackten, die sich selber streicheln, schäumend. Und der Anblick (seitwärts schielend), während auch du dich schäumend streichelst, ist dir wohlgefällig. In dem grellen Röhrenlicht, das nichts verbirgt. Du brauchst doch keine Betonzelle! Eine Fußwaschung. Sprühregenartig. Gegen die Pilzfäden, die gern in den Zehenzwischenräumen nisten. Eine Rast im Schwitzkasten, im Duft von Eukalyptus, bis dir der Schweiß aus allen Poren stürzt; im Dampfbad nachher, im Türkischbad am Ende. Ein Dauerlauf – an Ort, auf dem Zweirad – um die Herztätigkeit zu beleben, den Blutkreislauf zu fördern, die Atmung anzuregen.

Fit sein ist alles!

Fit? wozu?

Für das nächste Mal – Idiot! Du begreifst's allmählich: Es ist nichts dabei! Es ist nicht mehr verboten. Kein Vergehen. Du wirst nicht mehr geköpft, gehenkt, verbrannt, von einem hohen Turm gestoßen, totgeschlagen, gesteinigt, von einem Berg ins Meer gestürzt, kastriert, lebendigen Leibs begraben. Und es ist nicht einmal exklusiv – gewöhnliches Volk da. Keine Privilegierten. Keine philosophische Sünde. Nein, keine Sünde mehr! Keine... Philosophie? Es ist... gesund. Und du vergißt, während du so strampelst, für einen Augenblick den ganzen Rest – zweihundert Jahre! – eine Revolution. Die Revolution des Leibs. Es ist gesund. Und nur Gesundheit ist noch eine Sorge. Das ist *deine* Philosophie: Gesundheit! Eine gesunde Lebensweise! Diätetisch. Hartes Lager, kühle Zimmertemperatur zum Schlafen, offnes Fenster. Bekömmliche, abwechslungsreiche, leichte Nahrung – mäßig Alkohol – und kein Brot! Nein! bloß kein Brot! Das klumpt im Magen. Und macht abhängig. Du erinnerst dich, von fern – während du strampelst – diese Abhängigkeit vom Brot, als Grundnahrung, bei diesen niedren Schichten, führt zur Abhängigkeit von den Getreidepreisen, zur Erpressung führt das! Ein Volk, das so viel Brot frißt wie die Franzosen, wird erpreßbar. Eine Revolution – nur wegen Brot! Nein! kein Brot! Gemüse! Viel Gemüse... Sauberkeit, alle acht Tage frische Laken... Körperpflege, Bewegung... Spaziergänge... Luft!... frische Luft brauchst du... Luft! viel frische Luft!

Du hast zu lange ungesund gelebt. Diese... Pralinen! Diese... Unbeweglichkeit! Diese Totenstarre!

Luft! Hier?!

In diesem Labyrinth? Suchst du nach Luft? Auf zwei Stockwerken, Nachmittage lang?! Von den dunklen Zonen der Erfüllung in die hellen, grellen Räume des Verlangens schwebend, ins Dampfbad, in den Schwitzkasten, ins Solarium! Läßt du dich künstlich bräunen? ist das gesund?! in deinem Alter?! willst du schön sein?! mußt du?! ... In den Fitneßraum zurück! Strampeln! ... und wieder, immer wieder auf den Treppenstufen sitzen, in dem kleinen, einem Amphitheater nachempfundenen Raum, vor dem kleinen Bildschirm, der dir alle Schönheit der Natur zeigt, stark verkleinert.

Schönheit?

Für deine alten Augen?!

Und es wäre dein Raum... dein idealer Raum... auf zwei Stockwerken, labyrinthisch, und für jedes Bedürfnis wäre da ein Raum... und keine Fenster gehn nach draußen! Keine Außenwelt. Auch kein Geräusch von außen. Gut isoliert... denn diese Städte sind ja furchtbar lärmig... und du achtest jetzt auf dieses Tönen, während du schwebst, mit schwebendem Verlangen... und merkst allmählich, daß diese Geräuschkulisse eine Art Musik ist... Musik?!... ein Höllenlärm, synthetisch sublimiert zu Sphärenklängen, die alle vereinzelten Geräusche diskret überdecken, derart allgegenwärtig, daß du glaubst, es herrsche Stille. Eine akustische Täuschung. Vieles, dünkt dich, ist hier Täuschung. Innenarchitektur. Zierfische, indirekt beleuchtet, im Aquarium; Bewohner der Atolle und Korallenriffe, wo die Haie in den Höhlen schlafen. Tropische Gewässer. Gut inszeniert. Lange sitzt du auf den amphitheatralisch eingerichteten Treppenstufen vor dem kleinen Bild... immer wieder... bewegte Bilder...

Endlos. Von vorne und von hinten, gleich wieder von vorn. Aber eigentümlich weich. Molluskenhaft. Wie knochenlos. Mit einem Blaustich. Unwirklich, wüstenähnlich. Sanddünen, in der dunklen Schlucht Basalt. Mondlandschaften, Krater. Bakterienkulturen unterm Mikroskop, feuchte Härchen, wie Schimmelpilzzucht sieht das aus. Wie... Milch! Wenn das Tetrapack urplötzlich doch noch reißt, und an der falschen Ecke... du wirst's nie lernen: diese Hochkultur der luftdichten Verpakkung... steril! alles steril!... ist das gesund?!... und dann kämpfst du mit den Zähnen, mit den Fingernägeln, mit der Schere, mit dem Messer... bis du dich verletzt!... keine Gewalt! Nein. Keine Gewalt. Im Grunde wartest du doch nur auf eine Vergewaltigung... wie bei diesen Autorennen, die dich dermaßen faszinieren, daß du vor dem Bildschirm kniest, bis es endlich, in dem wespenähnlichen Geräusch, einen überschlägt, so daß die Funken sprühen, und er über die Abschrankung hinausrast, und in dem Feuerball sähst du das Männchen mit dem runden Kindskopf tanzen... und sie zeigten nur den Kindskopf... von nah, und immer näher... nur das Gesicht... das Gesicht, bitte!...bei der urplötzlichen Introduktion und trocken...und es wäre kein Lächeln, wie bei diesem blonden Knaben (schön wie die Liebe selbst), ein wenig geniert nur, mit dieser stereotypen kleinen Kopfbewegung, mit der er sich den Blondschopf aus der Stirne schüttelt, aus Verlegenheit – Verlegenheit nur – weil man ihn so zeigt, so nackt, so auf dem Bauch, so penetriert von einem dunklen Knaben, schöner als die Liebe selbst...und kurz nur! nur ganz kurz diese Verlegenheit... und schon wieder nichts als...Sanddünen. Schimmelpilzzucht. Ein Monopodium. Basalt. So kristallin!... und kein Gesicht!...nicht einmal dieses Auf-die-Zähne-Beißen und die Stirne Runzeln! dieses Durchatmen, mit aufgerißnen Augen! bis der wunde Punkt überwunden wäre, bis es versurrt...nicht einmal dieses Versurren wird gezeigt, das doch schon wieder positiv zu werten wäre...Ich bitte dich!... Nur neue Liegen lernst du kennen. Moderne Küchenkombinationen, für die Massenabfertigung, in der Kantine. Chromstahl. Glänzend verzierte Kühlerhauben. Pingpongtische, Billardtische, Bürotische, Schreibtische, Nierentische, nichts als Tische. Ein Motorrad, das tatsächlich – du hast es gehofft – im richtigen Moment den Stand verliert und kippt...

Was da zu hören wäre?

Da ist kein Ton! Der Ton ist abgestellt. Ein Stummfilm. Nur bewegte Bilder...

Dein Endlosband? Die ganzen hundertzwanzig Tage von Sodom, diese Hohe Schule der Freigeisterei, samt Supplement, ganz ohne Ton? Diese endlose Spannerei – als Stummfilm? Schwarzweiß, künstlerisch wertvoll, oder Cinemascope, Kitsch? Auf Breitleinwand, mit Dolby Stereo? Und mit allen Special Effects... aber ohne Stuntmen!... täuschend echt?

Sehen oder hören? *Sagen* oder *zeigen*... es irritiert dich plötzlich stark, da vor dem kleinen Bildschirm sitzend, im Zeitalter des Weichzeichners noch... was ist denn adäquater? Bild oder Ton?

Wie vakuumverpackt. Kein Fluch! Kein Wort! Kein Schrei! Kein Ereignis. Und im Grunde wäre doch der Bildschirm das ideale Podium für die Erzählerin... nein, falsch, der Bildschirm wäre nicht das Podium, sondern die Erzählerin in Person, die Duclos: Und alles, was sie erzählt – oder eben zeigt – als Medium, würde von den Zuschauern und vor den Zuschauern, sobald es *gesagt* ist, auch *getan*, denn das Sagen dient dem Tun, die Sprache bereitet die Tat, diese Geburt eines Ereignisses, gewissermaßen vor – die Tat, sage ich, die erst begangen werden darf, wenn sie beschrieben ist... wozu denn sonst eine Erzählerin? Wozu denn sonst die Mattscheibe, ein Medium... die Sprache dient der Tat, die Tat ist erst, wenn sie Sprache ist, die Sprache ist... Merde!... im Anfang war das Wort? die Tat? Fous-moi la paix!

Ein Gesicht! Endlich! Im rechten Augenblick! im Augenblick von... Tetra-a-ppa-a-a-a-ckch... und noch einmal! biiis! wiederholt, der Augenblick... aber in Zeitlupe diesmal, der Augenblick von... Merde! Das interessiert dich überhaupt nicht? Der wiederholbare Augenblick? Und so zeitverzögert, daß er zu verweilen scheint, ins schier Endlose gezogen... wie ein Gummifaden... wie ein Gummibärchen... interessiert dich nicht? Warum bleibst du denn da kleben, auf der Stufe, wie ein... Nun gut. Je sais! Nicht *alles*, was gesagt wird, wird sogleich *gezeigt*, nicht *alles*, was getan wird, wird *sogleich* beschrieben, da gibt es diese umständlich förmlichen Entschuldigungen, warum, was da *benannt* wird, nicht *erzählt* wird... und da gibt es dieses außerordentlich ärgerliche Küschelen ins Ohr, das nicht für mich bestimmt ist... Merde! Ich, ausgerechnet ich, dein lieber Leser?... Nichts als ein Küschelen, sprachlose Sprache? Bevor man... einfach verschwindet? Mit dem Gärtnerjungen? Und die Türe zumacht? zu verschwiegener *Tat*. Was gibt es da eigentlich, frage ich mich, im dergestalt intimem Umgang mit dem Herrschaftsgärtner, diesem typisierten Dummen August, der Hochsprache kaum mächtig, nach allem... noch zu verschweigen?!

Je sais! – du leugnest doch die Intimität gar nicht! Gelegentlich – bei all dem öffentlichen Vorzeigen, Sagen und Besprechen – bei all der

Philosophie – muß es doch auch zu Intimitäten kommen... ganz elementar... banal... dem Gehör, dem Blick verborgen. Wenn man für einmal den Intimverkehr mit niemand, außer dem Intimpartner – oder der Intimpartnerin, rien contre! – teilen will... und nicht, wie üblich, bei Festbeleuchtung auf der Bühne... Nein, wenn man für einmal nichts erzählen will. Wenn die erzählte Welt für einen Augenblick von unbestimmter Dauer aufhören soll zu sein – denn auch das Geheimnis ist ein Reiz: und dafür sind die intimen Kabinette da. Am Rand der Bühne. Kleine, überheizte Kammern; wohleingerichtet für die Pflege des Intimverkehrs – in die man in der Regel *stürzt*, wenn einen das zur Sprache Gekommene, oder das Vorgeführte, Aufgeführte, urplötzlich reizt, zur Tat zu schreiten – so daß man das Objekt der Tat wortlos beim Arm packt, oder am Handgelenk, oder an den Haaren mit sich fortreißt, in das intime Kabinett, wo man allein ist und nicht zu stören bei der Tat; schalldicht, wie das Schlafzimmer von Marcel Proust; Doppeltüren, keine Fenster; Gummizelle, Betonzelle... allein, sage ich, mit deinem... Opfer?

Lustobjekt?

Du – das fehlt hier. Ein wenig fehlt es doch...

Keine Subjekt/Objekt-Spaltung!

Eine unvollständige Grammatik.

Da ist kein wahrer und kein falscher Satz

mehr möglich. Kein Satz mehr. Keine Aussage. Keine Logik. Keine Ordnung?

Das Chaos – ausgerechnet hier?

Intime Kabinette?

Die Kabinen! Die hast du übersehen? Unzählige Kabinen in den verwinkelten Gängen! eine neben der andern, eine wie die andre, scheint's. Die Türe zu. Eine messingglänzende Nummer drauf.

Dünne Holzwände, wie's scheint... ein Poltern... rhythmisch... während du eine Weile lauschend in dem langen Gang stehenbleibst... wie ein Zellentrakt im Grund, intim beleuchtet, eher düster... und du wärest plötzlich: Kerkermeister, du? der lauscht, auf Unregelmäßigkeiten horcht... Die Zellen müssen eng sein. Und die Pritsche steht wohl an der Wand... ein Knie? eine Ferse? schlägt sich ein Ellenbogen wund und merkt es nicht? Oder wäre es nur das Gestell der Pritsche, die federnd ausschlägt gegen die dünne Zwischenwand, bei dem Galopp, dem Höllenritt...

Der Spion fehlt! Dieses allgegenwärtige Auge des Bewachers. Dessen Macht darin besteht, daß er alle Intimität kennt... selber unbekannt – im Turm?

Intimität – hier?

Eine Stimme? Ein Fluch... nein, kein Wort kannst du verstehen... nur eine Stimme... der Höllenlärm, sublimiert zum Sphärenklang, dämpft alles!... eine sonore Stimme, die ziemlich zusammenhängend spricht... dir unverständlich... der Fernsehsprecher! Idiot! Zellen mit Fernsehen... Fernsehen schon wieder? Nichts als ein sonorer Ton.

Die ganze Intimität? Allein... oder gemeinsam? Unter den Augen des Fernsehsprechers, die nichts sehn!

Ein Lachen? Gelächter? Leise, wie Ohrenflüstern, dieses Küschelen... übertönt von synthetisierten Sphärenklängen... Dort! Schau, dort ist eine Türe offen!

Einen Spaltbreit. Eine helle Ritze in der Flucht der Zellen. Nähere dich behutsam, schleichend, schleiche dich an! Sonst geht die Türe womöglich, bevor du etwas sehen kannst... kein Geräusch von jenem Spalt her, nicht einmal die sonore Stimme ... genieße deine Rolle! deine plötzliche Macht! die Neugier auf die Intimität der andern... was dir da präsentiert wird? wenn du urplötzlich, auftauchend aus dem Nichts, Intimitäten störst... du willst doch stören!

Auf der schmalen Pritsche, im intimen Schein der kleinen Lampe an der Wand: ein zu großes Kind! Ein dickes Kind. Ein fettes, bleiches Riesenbaby... und das hat sein Lendentuch zusammengerollt über seine schwabbeligen Schenkelchen gelegt, wie eine abgestreifte Windel; und den Kopf gegen die Rückwand gestützt, so daß ein Doppelkinn entsteht... und das masturbiert mechanisch seinen kleinen schlaffen Schwanz, wie der Aff im Käfig. Und das hört nicht auf, während dich ein finstrer Blick trifft. Dunkle, weit offne Augen, die wahrzunehmen scheinen, was außerhalb der Zelle ist – dich! – sonst stünde ja die Tür nicht offen – sonst würde es doch aufhören, zu masturbieren, während es dich anstarrt...

Das masturbierende Kind: da liegt es! An dem die Erzieher zweihundert Jahre herumgefummelt haben, Eltern, Pädagogen, Psychologen, Ärzte, mit Onaniebandagen, mit Handschellen, Zwangsjacken, Kuren; nur noch im Kopf des masturbierenden Kindes herumgefummelt schließlich, derart, daß es nun nicht mehr aufhören kann, an sich herumzufummeln – längst zu groß, um noch als Kind zu gelten, bei offner Tür, damit es alle sehen! und ... am falschen Ort ... die reinste Provokation! Zwanghaft, verbissen und mit diesem starren, finstern Blick auf dich ... das bist doch du!

Du masturbierendes Kind da!

Erbarmen? Mit dir selbst? Nein! Nie! Ein wenig Zuneigung, Komplizität. Der Reiz des Häßlichen, des Gräßlichen – in diesen Sphärenklängen – denn du bist gräßlich! du wichsendes uraltes Kind! Der Reiz des Erschreckens über dich selbst. Es reizt dich doch, so zu erschaudern, und im angenehmen Licht der Intimität, und bei offner Tür ... während du dieses weiße aufgeschwemmte Fleisch zum Schaudern brächtest ... so tritt näher! Du willst's doch in den großen, finstren Augen lesen, wie das schaudert... und du masturbierst dich auch ein wenig, die Hand am Lendentuch, während du dich näherst, zum Zeichen, daß du dich dem masturbierenden Kind in intimer Absicht näherst, wie in einem Spiegel...

Du willst nicht?

Die Türe zu! und mit dem Fuß!

Du willst mich nicht? Mich nicht? Es will dich nicht, nein ... dich nicht?

Wen denn? Niemand? Nur wichsen, so mechanisch, halbschlaff, mit offnen Augen, bei offner Tür, als Provokation? damit alle, die dich nicht mögen – und das masturbierende Kind mag keiner! – im Vorbeigehen automatisch aus den Augenwinkeln nach einer Schönheit schielend, dich sehen müssen, häßlich, gräßlich mit dir selbst verkehrend.

Verkehr? Intim?

Da liegen zwei, im Gang, in einer nur halbdunklen Nische, auf einer schmalen Pritsche, als hätten sie keine freie Zelle mehr gefunden, harmlos aufeinander. Harmlos frontal. Der Ältere oben, der Jüngere unten. Harmlos! ohne Bewegung! – und schauen dich erschrocken an – weil du stehenbleibst? Ein öffentlicher Durchgang immerhin!

Was willst du da?!

...womöglich im halben Dunkel eines schlechten Winkels nichts als Schwänze lutschen, bis das Herz dir voll ist und der Mund dir übergeht. Besinnungslos und selig lutschen. Nichts als Fleisch im Mund. Und den Geschmack auf der Zunge, den Geruch in der Nase. Und im Kopf? Nur das Verbum: lutschen?! Gar nichts? Nur Reflexe? Wie die lernfähige Ratte in dem künstlichen Labyrinth, die weiß, wenn sie mit der Schnauze gegen dieses Türchen stupst, bekommt sie was zu fressen. Eine intelligente Ratte. Der Pawlowsche Hund – du? Willst du dich wälzen? Im Finstern über die ganze Breite der Pritschen, Licht verschluckend, mit einem starken Burschen, verkehrtherum und kreuz und quer. Und du hättest keine Zeit mehr für irgendeinen philosophischen Gedanken? Keinen wahren, keinen falschen Satz im Kopf, nicht einmal mehr ein Bild, nur Körperteile, eigne, fremde, und es wäre nicht mehr unterscheidbar. Du? Ich? Egal? Willst du? Bis es endlich spritzt. Wie Elementarteilchen in der Nebelkammer. Eine Kernspaltung. Und parabolisch. Vom Zwielicht in die Finsternis zurück.

Was da alles in die Luft geht! und die Wand herunterrinnt. Was da auf den Nadelfilz hinuntertropft! und fleckenbildend eintrocknet. Was da, unter Druck, ins Laken strömt! Was da so eingetrocknet in den Lendentüchern sich auf einem Haufen im hygienischen Wäschebehälter, einem luftigen Gitterkorb, bereitgestellt am Ausgang, stapelt! Bevor es in die Waschmaschine kommt. Gekocht, gespült, geschleudert.

Was da geschluckt wird – Kinder! Eine ganze Population. Weggespült! Gnadenlos ... die ersten Wörter, über die sich Mama! Papa! doch so freuen ... vom ersten Lallen, bis zur Vokalisierung, Verbalisierung in der Stille ringsum, dieser großen stillen Leere. Denn das Universum schweigt. Namenlos weggespült. Wortlos weggespült, die Namen! ... große Namen, weggespritzt ... Und du fühlst dich plötzlich doch ein wenig einsam, allein, mit deinem großen Namen. Denn was gelten Namen hier? Was gilt Geburt? Erbfolgen? Stammbäume? Nichts! Längst nichts mehr! Nein, du gehörst längst nicht mehr zur auserwählten, großen Familie des *einen*, letztlich doch geliebten Königs, dem du – erinnere dich – ausscherend aus der stumm harrenden Menschenmasse am Straßenrand mit großer Geste einen Brief in die königliche Kutsche warfst, die schon nicht mehr Staatskarosse war, sondern Gefangenenwagen, Sargwagen bald, nach mißglückter Flucht, fahrlässiger Fahnenflucht, panischem Hochverrat ... einen Brief, sage ich, pathetisch und rhetorisch, an deinen abtrünnigen, letztlich doch geliebten König, mit guten Ratschlägen, wie der Kopf deines Königs, das Haupt deiner Familie, doch noch zu retten wäre, konstitutionell, vernünftig, feudalistisch, aufgeklärt ... umsonst! Ganz sinnlos. Der Korkzapfen weggesprengt, der Geist ist aus der Flasche. Kein Geist mehr. Kein Höheres Wesen ist mehr denkbar. Kein Jupiter, kein Fürst im Finstern, der dir hier zuschaut, kein Spion mehr. Der Dauphin von Gottes Gnaden – nichts als ein ausgezehrtes rachitisches Kind, das man verhungern lassen kann oder auch nicht, mit Erbarmen oder ohne, wie jedes andre Kind. Kein Gottesgnadentum mehr – keine Gotteskindschaft. Menschenkinder? Menschenmaterial! Das weißt du längst! Trauerst du denn noch immer? Verkappter Royalist, du Aristokratenbube! gepackt beim Kragen, und die Löckchen abrasiert und weggespült! die Bübchen jener einen, auserwählten Familie, weggespritzt hier, auf die Schnelle ... gekocht, gespült, geschleudert ... späte Rache! Ein schöneres Gefühl als Trauer ... Rache. Die Familie gilt hier nichts. Alle Rechte kraft Geburt sind ... weggeputzt! ... Genieße es! ... Die Familie hat hier keine Rechte mehr auf dich! Den Müttern bist du entkommen, den Schwiegermüttern, Großmüttern, Ziehmüttern, Leihmüttern, Urmüttern ... den Nachkommen, dieser fruchtbaren Brut, nichts als Prospérité ... Nein! Nicht hinabsteigen zu den Urmüttern, ins Innere der Erde, ins Magma, den flüssigen Kern, bis du verglühst! ... Nein! nicht in die Gebärmutter zurück, in diesen Kerker, die Enge! Nein! nicht in den Kerker! In die Luft ... und weggeputzt ... und in die Waschmaschine. Nicht in den Brutkasten! Nein! Nicht in den Brutkasten! Nichts wie raus, bevor da eine Brut entsteht ...

Und so wäre also jene Zeugung, damit sie keine Panik zeuge, strikt zu regeln – einzig zum Zweck der Arterhaltung, der Sprachpflege wegen, damit das Schweigen des Universums nicht erschreckend würde – diese Stille ringsum! – denn von den Sphärenklängen kosmischer Katastrophen, diesem Höllenlärm, hörst du im schalltoten Raum natürlich nichts – die Zeugung, als Konzeption eines Sprachmediums also, wäre gesetzlich strikt zu limitieren. Eine Quotenregelung. Kontingente, weltweit festgelegt, für jeden Kontinent. Ausgezählt und hochgerechnet. Reine Reproduktion, nur Produktion, nur Arbeit, Fron. Und daß Produktion (als Fron) und Lust (als Lohn) zeitlich zu trennen sind, hast du begriffen. Also ... künstlich am besten, in vitro, extra utero ... und zugenäht, notfalls! Als Zwangsmaßnahme, wenn Vernunft und Philosophie nicht helfen, damit keine Überproduktion entsteht, fahrlässig, aus reiner Lust...

Willst du die Menschheit retten?! Ausgerechnet du?

Nein. In den Arsch damit. Am liebsten in den eigenen. Es ist das Schönste. Bis du überläufst, so daß du nicht mehr an dich halten kannst...

Die Vorstellung, in deinem Kopf, du trügst, in deinem Mastdarm, die ganze Menschheit ... zumindest eine Stadt, ein kleines Dorf, eine gesegnete Familie ... und, ohne zu reißen, erträgst du wohl zehn, fünfzehn Attacken in kurzer Folge ... und du würdest spüren, wenn du dich erhebst von deinem Liebeslager ... wie weidwund du bist! wie angeschossen. Wie das brennt, wenn alles dich verläßt ... und du möchtest's doch behalten! den ganzen Sumpf im Bauch. Und es wäre wie die minoische Königstochter mit dem blendend weißen Stier! und du gebärtest, aus dem Sumpf in deinem Bauch, den Minotaurus, der gleichermaßen Jünglinge und Jungfrauen verschlingt ... die Vorstellung, sage ich, von diesem Sumpf im Bauch, von diesem Fleisch im Arsch, nein, kein Wachs; kein Gummi; kein Leder, und in dem Behältnis wäre nicht *Schrift* versteckt ... nein, keine Schrift, nur Saft ... genetische Information von Generationen, bis zu den Anfängen zurück, bis zum Ur-Gen aus dem Ur-Sumpf ... hör auf! ... die Vorstellung von jenem blendend weißen Stier im Kopf ... ganz unbehaart; und marmorweiß; nichts als ein Kolben, der in dein Gehäuse eindringt, und aus dem Gehäuse kröche ... hör auf! um Gottes Willen! ... die Vorstellung erhitzt dir deinen Schädel derart, daß du so abgehoben schwebst, so stundenlang, so nachmittagelang, vom einen in den andern Raum ... geil ... die Menschheit zu erretten oder zu verschlingen?

Zeugen, um zu gebären, um zu töten, der Natur gemäß ... warum weicht ihr zurück? erschrocken plötzlich? warum wollt ihr plötzlich nicht mehr? Warum denn nicht? Warum denn nicht?!...

Lieber im Dampfbad? In dem blauen, blauen Dunst?

Nur blauer Dunst. Eine gelinde Trübe. Und plötzlich löst sich aus dem blauen Dunst ein Umriß. Sachte. Als würde der Dunst nur immer dünner, luftiger, leichter. Als bräche eine Sonne durch den Smog. Als schwebte das blaue Wölkchen der Umhüllung sacht nach oben. Als tauchtest du, Haifisch, aus tiefer See in seichtere Gewässer... Nilpferde! Zwei. Glanzköpfig, bullaugig. Eins hinter dem andern an der weißgekachelten Wand, wie reglos in dem lichten blauen Dunst. Glotzen dich ganz gemütlich an. Eins übers andere gebeugt. Eins steckt im andern. Und hält das Pfötchen, eine froschähnliche Hand, auf dem Hängebauch des andern. Und an dem Pfötchen funkelt fahl im blauen Dunst ein goldner Ring.

Großväterchen! Beim Dampfbadespaß. Am Samstagnachmittag.

Gönnst du's ihnen nicht? Den Nilpferden? Den Fröschen nicht, den Hängebauchschweinchen nicht...

Als wärst du, zweihundert Jahre lang... zum Spaß?!

Und nur die Nilpferdchen hätten's noch gemütlich?!

So gemütlich?!

Da fehlt doch etwas... nichts als Spaß?!...

Was suchst du da ... was suchst du denn noch immer da! ... bist du noch immer da?

Eine interessante Physiognomie.
Ein Ebenholzschwarzer. Blutjung. Muskelprall. Und splitternackt. Bäuchlings. Auf einer Maschine, die, wie es scheint, leicht zum Federn geneigt ist. Ein Rost, eigentlich. Der Länge lang liegt der, hingestreckt: zum Vollzug? Ein Vollzug? Der versucht, mit dieser interessanten Physiognomie – als wäre er traurig? mit offenen Augen, den Mund halboffen, als würde er träumen? – den biegsamen Schragen, auf dem er liegt, versucht der noch stärker zu verbiegen, mit den Muskeln der Arme, den Muskeln der Schenkel, der ganzen hochausgebildeten Gesäßmuskulatur ... als wär's eine Fron. Als dürfe er nicht eher aufblicken, als bis das Tagwerk getan ... bis es Abend würde, endlich ... Herr, laß es Abend werden! als sähe er dich nicht ... als wärst du nicht da! Gestaltlos. Kein Körper, kein Bild.

Du siehst nur die fast violette Haut, wie die glänzt!, naß von der Fronarbeit, und du fragst dich, denn das Erfahrungswissen fehlt dir, mir auch, wie Striemen, von den langen Riemen der Sklavenpeitsche, dieses farb- und formschöne Gesäß, diesen farb- und formschönen Rücken (breit, sehr breit!) einfärben würden? umfärben? blaurot? ins Purpurne gesteigert? Kardinalspurpur? Die höchste, die unruhigste der

Farben ... die Klimax aller Farben ... ganz unruhig schaust du dich um ... was suchst du denn da? an den Wänden? klinisch weiß, grell, nichts als Fliesen...

Die Kontrastfarbe?

Dort! In der andern Ecke! Am Ende des Raums!

Vom Weißen ins Gelbliche spielend, an wenigen Stellen mit Haar mehr geziert als bedeckt, recht eigentlich goldgelb. Rücklings auf einer schmalen Bank. Reglos. In jeder Faust eine Hantel, knapp überm Boden. Die Augen himmelwärts, starr, zur Decke, als fixierten sie dort einen imaginären Punkt, den berühmten Schmerzpunkt, diesen Punkt äußerster innerer Anspannung – wie Saphire. Leuchtend. Mineralisch. Die physikalisch mutmaßlich sehr komplexen Druckverhältnisse in dem Körper, vektorielle Kräfte – das Gewicht der Hanteln, das den Torso erdwärts zieht; der Gegendruck der harten Bank, die den Unterleib nach oben drückt, derart, daß es die fahl falben Gesäßbakken seitwärts schier wegquetscht, bei der gegrätschten Haltung der Schenkel, die auf beiden Seiten das Gleichgewicht halten, mit beiden Füßen am Boden die Haftung – die Druckverhältnisse, sage ich, drücken den Geschlechtsapparat, als Päckchen, derart kompakt nach oben, daß er zu greifen sein müßte, mit *einem* Griff, zu umschließen mit zupackender Faust, ja geradezu einladend zu diesem Griff – ein Päckchen, sage ich, denn der Säckel ist mit einem schmalen, schwarz-ledernen Band umschnürt, geradezu abgeschnürt – ein zusätzlicher Druck, sinnlos. Ein Druck zuviel. Sinnlos!

Denn gar nichts rührt sich.
Nichts!
Starr, der weiße Mensch dort – Blick nach oben!

Bäuchlings, und ausladend breit, der schwarze Mann, mit geradezu einladendem Hintern...

Und – eine Bewertung nun? sinnlich und sittlich? ethisch-ästhetisch? nach Bildung womöglich? der Sicherheit halber? Kultur?! – in der Diagonale zwischen dem schwarzen Kontinent und dem weißen, zwischen genital und rektal, zwischen passiv und aktiv, zwischen Geben und Nehmen, zwischen Flagellation und Sackfolter schwankend – zuschlagen oder zupacken? am Lederband aufhängen? – schwankend, sage ich, stehst du! – und es ist, als wäre keiner für den anderen da.

Da müßtest du schon ... was fällt dir ein?! Piercing? mit Nadeln? ein Dildo, fünfundzwanzig die Länge, mindestens achtzehn im Durchmesser, die Oberfläche gerippt, stark gerippt? Gut gelagerte Ruten, in Essig? Ein Klistier – und mit flüssigem Senf? Eine tropische Baumschlange und zunäh? Oder nur Gürtel und Rohrstock? Und besinnungslos auf den Hintern, den Rücken? Einfärben und umformen?

Unästhetisch, kulturlos?!
Nein, nein. Du müßtest in das Labyrinth, in dem du zu lange schon umherschleichst, so lautlos, gestaltlos, ohne Körper und Atem, so gräßlich nur mit dir selber verkehrend, in deiner häßlichen, gräßlichen männlichen Lust, eine Justine hineinschleudern! Justine in die Welt werfen, in diese Welt der häßlichen gräßlichen männlichen Lust hineinkatapultieren –
Justin lancé!
Oder ist's eine Justine?!
Splitternackt, schneewittchenweiß. Schulterlang rotblond. Nicht älter als siebzehn. Und im rechten Moment – dem Kairos!
In einem Augenblick, sage ich, da nichts mehr geht. Das Spiel ist aus! Vergessen glänzen fahl im grellen Neonlicht die weißen Fliesen, metallisch die Geräte ... und alles wieselt ruhelos umher ... denn: da ist ein Engel um den Weg. Ein Engel? Nein, nein. Ein Ganymed ... nein! Narziß persönlich! und gleich doppelt! Im Umkleideraum gesichtet, vor dem Spiegel, während er seinen Haarsturz prüft, bewundernd – rotblond! – und mit einem kleinen Hauch über die Oberlippe aus der Stirne bläst, ins Labyrinth entschwebend – und nur aus den Augenwinkeln, einen Augenblick nur faßbar – unfaßbar! so schulterlang! man traut sich kaum hinzuschauen! ... nein! kein zarter, ephebischer Narziß, kein leptosomer Jüngling. Üppig. Diese androgyne Üppigkeit sehr männlicher,

sehr junger Männer – wenn die Brustmuskeln fast Brüste bilden, von den Brustwarzen (fleischig!) nicht zu reden, das Gesicht bleibt knabenhaft und weich, die Hinterbacken klein und straff, ausladend vom Körperbau her, dabei eher klein gewachsen, wie eingepackt in straffes, rundes Fleisch, im Grunde passiv, denke ich, zum Nehmen, doch man kann sich täuschen, denn da ist ein Reiz zuviel, dieser berühmte Reiz zuviel, der mich so reizt, wenn die Natur mit ihren Reizen für einmal Verschwendung treibt, als möge sie sich nicht entscheiden...

Du nicht?! Dich reizt das Androgyne nicht? Hermaphrodit sei dir, hört man, ein Schrecken? Entweder oder? Keine Unentschiedenheiten? Keine Metamorphosen... nein, natürlich nicht, denn es sind Zeichen, keine Menschen, Rollen, festgelegt, damit du sie verkehren, pervertieren kannst, die festgelegten Grenzen überschreitend, und verletzend! provozierend! ...nein, das Androgyne ist nicht pervertierbar, keine Rolle, keine Travestie... das Androgyne ist... ja, was ist's? eine Mode? mag ich's denn wirklich... das Üppige sehr männlicher, sehr junger Männer... das Knabenhafte ephebischer Frauen, nein, *das* nicht, heilige Jungfrauen schon gar nicht, diese Rächerinnen, diese Jeannes d'Arc, diese Cordays, mit dem Messer und im Badezimmer... nein! da ist Vorsicht geboten, im Umgang mit dem Androgynen... sonst ist da plötzlich ein Reiz weg! wie weggeschnitten!... und du wärst nicht mehr! wie nie gewesen.

So muß ich mich entscheiden? Deinethalben?

Justine lancée oder Justin? Und es wären zwei... und nicht nur einer/eine?... mehrere?! da, ein ganzer Strauß Narzissen – und alles drängt sich, drängelt aneinander vorbei, in die engsten Wurmfortsätze des Höllochs. Ins Verborgenste, Heiligste des Schachts.

Denn: Im Finstern ist die Chance, wie gesagt, am größten, eine Schönheit zu erhaschen. Etwas von der Schönheit. Ein wenig Schönheit, bitte! Und so wartet alles, ängstlich harrend, auf den Augenblick der Schönheit, und jeder ist des andern Feind. Und überdies muß Sommer sein. So daß ein Gewitter droht. Schwül und drückend über der Stadt, der Höhle, dem Geheimen Ort, dem Bunker...

...und plötzlich wird vom Rand des Lichtes her in diese Finsternis, wie in die Löwengrube, und gefesselt...

Und geknebelt!

Das darfst du nicht vergessen... denn: natürlich ist's wie Tiefgarage. Wie Straßenunterführung, menschenleer, nach Mitternacht. Wie Waldweg, nachts. Wie Untergrundbahnschacht, in London, und am Sonntag. Wie dunkler Hauseingang, wie Kellertreppe, Waschküche. Wie stillgelegte Kiesgrube ist es – und dem sechzehnjährigen Knaben, schön wie die

Liebe selbst, den benzingetränkten Lappen in den Mund gestopft; und angezündet; lebend-'gen Leibs; und kein Entkommen aus der Grube, ringsum Wände, und zuschauen, wie das ausbrennt, am verborgnen Ort? Ist's denn wie VW-Bus mit Spezialeinrichtung, verriegelt plötzlich, automatisch – Klick? Ist's wie die Begegnung mit dem Vietnamkriegsveteran, auf Freeways, plötzlich: Klick! – und als argloser Surfer, angstlos autostoppend? Nein... das endet immer tödlich, skelettiert im Garten. Knochenfunde... Ist's eher wie Kasernenschlafsaal? Unschuld vom Lande, männlich? und den Kopf ins Kissen, bis die Unschuld fast erstickt, und alle drüber? Warum soll's anders sein? aus physiologischen oder aus gesellschaftlichen Gründen? Interessiert dich dieser kleine Unterschied?

Was eigentlich, frage ich mich, interessiert dich mehr: das Opfer, ungeschlechtlich, oder der Täter, in jedem Fall geschlechtlich? Ästhetisch das Opfer? Die Ethik des Täters? Die Ästhetik der Tat?

Du siehst ja nichts!

Was da zu hören wäre? In dem engen, finstern Schacht, von diesem unbestimmbar heiseren, erstickten Angstgeschrei, dem Röcheln, als wär's schon *unterm* Kissenberg?

Ein leises Rascheln... hörst du?... das Wetzen nackter Füße auf dem Nadelfilz... ein Drängeln, Poltern... Getrampel wie von einer

Elefantenherde flüchtender Höflinge, die im finstern Labyrinth erloschner Spiegelsäle den Ausgang nicht finden – und alle Spiegel gehn zu Bruch.

Da stehst du – Heroine! und wie hast du dich verkleidet! Aus dem Fundus deiner Kerkerschränke.

Krinolinen. Schnürstiefel, Seidenstrümpfe, Strapse, Rüschen. Reizwäsche, Schleifchen und Perücken. Korsetts, Fischbein. Make-up, Ketchup, Lippenstift und Puder. Und – mit beringten Brüsten. Und – in jeder Faust die Peitsche, aus der einschlägigen Boutique, die elegante schwarze Lederpeitsche, die aussieht wie ein Knirps®. Und auf den Löckchen deiner Coiffure à la Belle Poule schaukelt die Fregatte, die berühmte. Und – du hebst die Röcke überm Stützkorsett, so daß es eine Sprungschanze wäre. Und vor den Gummibusen schnallst du dir Jeff Stryker und zerreißt damit Narziß, der verkleidet als Justine an einer Seilwinde von der Decke hängt. Und aus deinem Maul quillt – Schaum! Blut! Gift und Galle! Tod und Teufel, Fluch um Fluch.

Und – ringsum Scherben.

Da ist ja keine Grenze mehr!

Und du hättest es – verträumt? verschlafen? als wärst du tot gewesen?! den Augenblick versäumt?! den kurzen Augenblick?! und es wäre – eine Zeit vergangen?!

Kein Grenzer, der dich aufhält; dir die Wahrheit abverlangt.

Keine Betonzelle mehr.

Und – auch das Labyrinth ist weg.

Dort, wo der Dunkelraum gewesen sein muß ... war denn da ein Dunkelraum? ... da sind jetzt im intimen Licht nur Kabinette, eine Kabine an der andern, eine wie die andre, mit hohen Nummern an den Türen.

Die Türen zu.

Und – vor der Flucht geschloßner Türen, in dem intimen, aber hellen Licht des Flurs, da stehn zwei Knaben. Stark behaarte Beine. Aber Knaben! Der eine hat das Gesicht verborgen an der nackten Brust des andern – und so stehen sie – und nur die zücht'gen Lendentücher siehst du über den unruhigen Knien rhythmisch flattern. Und du ahnst – du weißt es doch: es ist das erste Mal. Und die Kabinen sind zu teuer. Und so bleibt nur dieser Flur – ganz ohne Nischen – irgendein Flur, in einer Ecke, und im Stehen, haltlos eben, wie beim ersten Mal. So halten sie sich aneinander fest. Als wären sie sich hier, in dieser Ecke vor geschloßnen Türen, urplötzlich in die Arme gelaufen, von Osten und von Westen her (du ahnst es schon). Und als wären sie die einzigen, in diesem langen leeren Flur.

Und –

Neben dem Aquarium, mit den Zierfischen von den Korallenriffen (wo die Haie schlafen), steht ein Gummiautomat.

Für Gummitaucher.

Was da zu hören wäre, jetzt? Außer der sonoren Fernsehstimme?

Nicht schlucken! Du sollst's nicht schlucken!

So spei's aus! Spei's sofort aus!

Du sollst nichts mehr verschlucken! Denn Schweigen bedeutet Tod!

Und?

Ist Totsein denn so schlimm? Du hast es doch erfahren. Wer nicht?! Die Zeit vergeht – unendlich viel Zeit! – und deine Uhr steht still. Du merkst es nicht.

Nichts?

Ein Brüllen, Schnaufen. Ein fernes Rauschen ... wie in Schachtelhalmen, die wieder hoch wie Palmen wären ... das dumpfe Grollen der Explosionen aus dem Kern, der mächtig glüht. Die Kruste wäre wieder dünn. Gezirp? hörst du? das leise Zirpen der Schlangenbrut, die ihre Eierschalen sprengt...

Du hast es doch geahnt!

Und man hätte dich nicht angehört? Ausgesperrt hätte man dich? Eingesperrt? Dir die Wahrnehmung verweigert und die Wirkung? Und so dürftest du jetzt triumphieren?

Das Panzerglas: zerschlagen!

Die Terrarien sind leer!

Die Gitterstäbe sind verbogen, wie von unsichtbarer starker Hand.

Das Reagenzglas liegt zersplittert auf dem Boden.

Die Zierfische – gefressen?

Der Gummi ist gerissen!

Ausbruch! aus dem Hochsicherheitstrakt!

Die kleinen unsichtbaren und die großen, aus dem allgegenwärtigen alten Sumpf...

Die Saurier sind zurück! Hier! in Berlin! – da steht's. Als müßte man's marktschreierisch verkünden – wenn du auftauchst: aus den finsteren verborgnen Schächten, aus dem Innersten der Erde: unter Linden – Da! Das Plakat. Eine Sonderausstellung für kluge Kinder, auf heitere Art belehrend, im Naturhistorischen Museum. Willst du's sehen? Staunend wie die Kinder? Der Tyrannosaurus Rex, der mit der fürchterliche Kralle, lugt schon übers Brandenburger Tor von Osten her mit Gier nach Westen – Gelungener Einfall eines Plakatgestalters!

Die Zöllner sind vor Schreck davongelaufen. Alle. Zu der Goldelse dort, dem Siegesengel, der so leuchtet auf der Säule, fern im Himmel, und von hinten, dieses Kalb. Nur ihre Mützen sind geblieben. Kopflos. Verloren in der Hast der Flucht.

Im Müll gelandet, in der Gosse. Und aufgesammelt von geschäftstüchtigen ... Türken? Turkmenen? ... und aufgestapelt auf den Bazartischen, den Touristen feilgeboten, auf dieser leeren Bühne, wo das Tor steht, wie ein Tempel, einsam, im zu grellen Licht.

Der Ausverkauf der alten Hüte ... Hammer, Zirkel, Ährenkranz.

Der erste deutsche Arbeiter-und-Bauern-Staat ... ausverkauft!

Los denn! Zeigt eure Muskeln! Und zugepackt! – Wo hast du deine Peitsche? die elegante aus der Boutique? Die Pergamentrolle mit Nägeln! Dein Endlosband! Die fürchterliche Kralle ... ob's auch die zu kaufen gibt, auf den Bazartischen, zwischen diesen Mützen, eine Geißel ... für die Händler! diese Profiteure! ... zugepackt! da wird jetzt aufgeräumt! und ausgetrieben! abgewickelt! abgebaut.

Hörst du? Aus Osten, vom Rande dieses

Brachfelds her, das Hämmern, Klöppeln, Poltern, Bohren ... da wird jetzt aufgebaut! Da wird gewerkelt ... schon werkeln die. Läßt man sie bloß. So laß sie doch! Triebhaft. Kopflos. Babylonisch. Und diese Finsterlinge da, die verkaufen am Ende ... ja! noch ihre eignen Mützen.
Pelzkappen.
Braune Mützen, mit dem roten Stern.
Hammer und Sichel. Jetzt kannst du damit spielen!
Neu einkleiden kannst du dich ... preisgünstig ... und das mußt du doch, dich verkleiden! Und in jenen liebevoll gestylten Folterkammern dich zeigen! endlich! wo du längst erwartet wirst! Wo die eleganten schwarzen Prügelbänke auf dich warten, die Chromstahl-Gitterbetten, die funkelnden Handschellen, diese schwarzen Lederhöschen zum Zuschnüren, nickelfunkelnd, diese schwarzglänzenden Schildmützen, du hast sie doch gesehen, indirekt beleuchtet, wie Kunstgut, im Show-Room jener Boutique, die gleich neben dem Tempel der Zeugen Jehovas liegt ... Zu teuer. Viel zu teuer! Schon die Peitsche ruiniert dich glatt ... und so müßtest du schuften für dieses teure Spielzeug?
Und es wäre eine Frage des Geldes, welches Spiel du spielen darfst ... und dieses Spiel wäre dir zu teuer? Nein, nicht nur zu teuer? Zu geschmackvoll, stilisiert, zu schön ... keine Perga-

mentrolle mit Nägeln, häßlich gräßlich, erschreckend ... nein, die SM-Szene, die dich doch interessieren muß, deiner Natur gemäß, und du darfst dich deiner Natur jetzt überlassen, ist dir zu ästhetisch! so sublim professionell und klinisch rein! Steril! so ideologisch aufgeklärt! so sittlich mit sich selbst im reinen: Jedem das Seine! Aber *beiden* Partnern! – als wären's Sozialpartner?! ein Kontrakt? Nein! dich interessiert das Spiel mit Wirklichkeiten, schmerzerzeugend, Empfindsamkeit verletzend ... Da! Schau! Sogar Offiziersmäntel kannst du kaufen, mit den Sternen auf den grünen Achselpatten. Und was hältst du in der Faust? Den Volkspolizisten-Knüppel? Realistisch! Unelegant. Und auf dem Kopf...

Hammer, Sichel, Zirkel, Ährenkranz.

Zeichen mit Bedeutung. Handwerk, Landwirtschaft, Wissenschaft. Arbeit und Geistesbildung.

Weggeräumt!

Wie Spielzeug.

Von dem kleinen gelben Trax, der am Waldrand ziemlich hektisch hin und her düst, ziellos scheint's von fern, mit seinem prähistorischen Unterkieferknochen, diesen Zähnen, diesen Krallen –

Die Mauertrümmer weggeräumt!

Freiheit! Keine Mauer mehr!

Eine Schneise in der Stadt. Leergefegt von einem Sturm. Diesig trübes gelbes Licht, als wirbelte noch Staub darin. Sperrgebiet! – Du! – da warn doch Selbstschußanlagen, Minen, Tretminen? Nur ein Gerücht? zur Abschreckung? damit sie nicht längst alle und sofort, kopfüber über jene Mauer, wie die Lemminge, ein ganzes Volk...

Geräumt die Minen, rechtzeitig? aus Voraussicht? aus Einsicht in die Notwendigkeit – freiwillig –

Hör auf!

Leute, die umherstapfen in der Leere, vereinzelt, weit entfernt im hellen Licht ... als suchten sie nach einem Souvenir. Nach einem Knöchelchen, versteinert, frühgeschichtlich. Nach einer Patronenhülse, als gruseligem Zeugnis der Zeitgeschichte. Nach einem Bruchstückchen: ein Stück Mauer ... ein Stück Bastille ... ein Stückchen Guillotine?

Aufhörn! sage ich. Samenpicker! Wörtchenpflücker! Nebelkrähe! du! Elster! – Wie groß die sind! Fast ohne Fluchtdistanz. Beschäftigt, furchtlos. Auf allmählich sprießender Grasnarbe, mitten in der Stadt. Zurückgewonnenes Land, der Natur überlassen. Da gibt's doch immer etwas aufzupicken. Mit spitzem Schnäbelchen. Ein Regenwürmchen. Gnadenlos. Ein Körnchen ... Wo der antifaschistische Schutzwall –

Antifa-? Was war da? Bastille? gegen Guillotine? oder Guillotine? gegen Bastille? Oder Guillotine und Bastille ... oder ... eine Mauer!

nichts als eine Mauer! Die dich einsperrte! oder aussperrte! egal! am Gehen hinderte! hinein – oder hinaus – egal! Und wenn sie fällt, wirst du mir gleich pathetisch.

Politik als Schicksal? Hör auf! Du hast doch ganz schön mitgewerkelt am neuen Staat, gegen den alten Staat, am Staatsterror gegen den Staatsknast, an der Macht gegen die Macht, am Atheismus gegen den Theismus – bis du Blut spuckst! Blut spuckst du? – man glaubt dir doch kein Wort!

So geh. Unterwirf dich der Natur! Geh zurück in den Knast, ins Kittchen, in den Schacht zurück ... geh in den Keller! Dorthin, wo sie bunte Tücher in der Gesäßtasche tragen, ultramarinblau oder anilinrot oder einfach braun, links oder rechts getragen, je nach Laune, oder ihrer Natur gemäß – Einsicht in die Notwendigkeit? – Aufhörn! geh! – dorthin, wo die Badewannen stehn! geh! unterwirf dich! laß dich anpinkeln, leg dich vornüber übern Prügelbock. Geh!

Und du willst nicht? Hättest keine Lust dazu? Und wärst noch immer da? Ein schwerer Schatten, fern, im Gegenlicht? Und du ließest dich nicht mehr verscheuchen, denn du hättest spielend, und in einem andern Leben, in deinem befestigten Schloß, in deinem gesprengten Kerker, in deinem gehäuteten Schädel – längst gelernt, wie man mit Macht spielt? Und man hätte seinen Machiavelli schlecht gelesen – denn natürlich hast du den gelesen – und man hätte die menschliche Natur nicht recht studiert? Und so müßte man immer wieder zurückkehren auf diese leergeräumte Schneise; und sich fragen, was man falsch gemacht hat; denn du zwängst einen dazu; ist man nicht doch ein wenig Staatsschriftsteller gewesen; hat man nicht doch der Macht die Hand geboten! Die Hand geschüttelt immerhin; dem Kulturminister? nur dem Stellvertreter. Mit dem stellvertretenden Kulturminister, also, sich zu Tisch gesetzt; gespeist; zu Tisch geladen von der Macht; gefrühstückt – mit dem Kaiser? Nein! Auf schickliche Distanz geblieben – zu der Macht. Stehngeblieben – erstarrt in Ehrfurcht vor der Macht? Nein! Man hat nur – beispielsweise – mit dem stellvertretenden Kulturminister an einem Tisch gesessen und – über Hutten diskutiert? Warum Hutten? Ausgerechnet Hutten? Man hat zugehört, verwundert – nur zugehört hat man! – und die Zeichen nicht verstanden? Die offnen Nadelöhrchen nicht gesehn? die Nadelspitzen nicht gespürt? nichts gespürt? die Öhrchen nicht gespitzt? Nein, nein. Ausflucht. Man muß sich mit der Macht gar nicht zu Tische setzen, um gehört zu werden von der Macht. Und man wäre gehört worden von jener Macht? Indirekt – unsichtbar, aber aufmerksam: Und man hätte es womöglich nicht begriffen? Hätte nicht jedes Wort benützt als – Waffe? für die Freiheit? gegen diese – Mauer! Jede Ritze in der Mauer ausgenützt, mit jedem Wort, mit jedem nadelspitzen Wort geritzt da an der Mauer – man hätte es versäumt? Die Wirkung nicht ausgenützt ... versäumt! versäumt! versäumt! ... Auf dieser Schneise da, der Narbe ... denn du zwängst einen, Selbstkritik zu üben, lauthals? Ausgerechnet du?! Und man würde immer wiederkehren auf die Narbe? Und man ginge auf und ab; den Blick zu Boden; in dem gnadenlosen grellen Licht; geblendet von dem Licht der Wahrheit, oidipäisch; und man sähe nicht, was da zu sehen wäre?

Fußspuren. Reifenspuren, Raupenspuren. Im trocknen Grund verhärtet. Tank? Schützenpanzer? oder Trax? Und man könnte es nicht unterscheiden – nicht mehr? nichts mehr?

Wie eigentlich versteinern Fährten – so daß sie ganze Erdzeitalter überdauern, ungestört? Bestimmbar, später? ... so daß man eben weiß, daß jener mit der fürchterlichen Kralle diese Kralle, im Laufschritt, bei der Verfolgung seiner Beute, nicht zu Boden setzte, seine Kralle schonend, um sie nicht abzuwetzen, sondern ihre fürchterliche Schärfe zum Zerreißen seiner Beute...

Weiß man's denn?

Eisenstangen. Röhren, die aus dem Boden ragen, bündelweise, krumm, verbogen ... als sprössen sie, niedrigen Urpflanzen gleich, aus *einer* Wurzel. Dünn und hohl. Wie Stengel, mit

Spiraltendenz. Kanülen. Wasserleitungen? Gasleitungen? Kugelläufe?

Ein Mannschaftswagen der Volkspolizei. Die Türen aufgerissen. Die Reifen platt. Innen ausgebrannt. Verkohlt. Die Polster aufgeplatzt, zerrissen. Stehengelassen zum Gedenken an die Volkswut. Gegen die Ordnungsmacht ... gegen die Grenzen, die Einschränkung des Menschenrechts zu gehen ... und zu kommen ... und zu gehen ... erkämpft das Menschenrecht ... hörst du? die Signale? ... auf zum letzten Gefecht ... die Internationale erkämpft das Menschenrecht...

Hör auf! Hör auf zu singen. Und mit angenehmer Stimme. Sagt man. Es dröhnt in meinem Kopf...

Das Menschenrecht? Naturrecht!...

Es gibt Starke, es gibt Schwache. Es gibt Dumme, es gibt Kluge. Opfer gibt es, Täter gibt es, der Natur gemäß...

Hör auf! Hör auf zu tanzen. Rumpelstilz! ... und von einem Bein aufs andere.

Es gibt Große, es gibt Kleine; es gibt Faule, es gibt Fleißige, es gibt Aktivisten ... Passivisten? ... und dem Tüchtigen, dem Tüchtigen gehört die Welt! Yupiiiiiiiii...

Bist du blödsinnig geworden? Wahnwitzig? Bekommt Verwesung dir nicht? Hast du Würmer im Kopf? Gewürm statt Gehirn?

Auslese! Auslese! Und mit Kopfstimme!
Die alte Koloratur.
Riesenwuchs ist unökonomisch.
Und es ginge also, wieder einmal, nur um Ökonomie. Die Ökonomie als Naturgesetz. Das Gehörn, der Panzer wären zu schwer gewesen – nichts als verhärtetes Material. Hinfällig. Anfällig. Ausgemerzt.
Und am Ende genügte ein kleiner Steinwurf aus dem All?
Ein zerstörtes Häuschen, aus Metall. Die Türen stehen offen. Drähte, Kabel, Telephonleitungen herausgerissen, zerfetzt. Gedärm. Das Nervenzentrum ist tot. Die Ganglien sind geplatzt. Das Alarmsystem – lahmgelegt. Das Immunsystem kaputt. Das Kommunikationszentrum zerstört.
Die Natur hat zurückgeschlagen!
Keine Kommunikation mehr. Kein Anschluß unter dieser Nummer. Die Zentrale antwortet nicht. Keine Zentrale mehr. Kein Lauschangriff. Ein totes Ohr. Die Gehörnerven herausgerissen, die Knöchelchen zerschlagen, das Trommelfell geplatzt. Du darfst singen! egal, ob angenehm oder nicht. Die Sprache ist nicht mehr reglementiert. Keine politische Grammatik! Kein Ohr überwacht dich. Un-Erhörtes kannst du jetzt sagen –
Ja – brauchst du nicht Wanzen, die dich beißen, damit du dich wundkratzt und aufheulst? Mauern, um anzurennen dagegen? Grenzen?

Ja, was wärst du ohne Grenzen gewesen, die man dir setzt? Ein Niemand! Ein Nichts!

Und so müßtest du denn – ab! in die Betonzelle! die ästhetische. Und: übern Prügeltisch! Befiehlt der Zöllner, der falsche. Und stößt dir sein gepflegtes Fäustchen, eingefettet, und im Gummihandschuh, in den Hintern, grob, wenn's dir beliebt – mit einem fiesen Lächeln – zum Gedenken an die Opfer.

Und es würde endlich eine Schmerzgrenze verletzt?

Und es bliebe nicht ganz unter uns?

Und so wäre es kein Sozialkontrakt – sondern Grenzverletzung! Blasphemie! Tabubruch!

Und niemand wollte es mehr wissen?!

Ende Wende Ende – schau, eine Inschrift an der Mauer dort, die nichts mehr trennt, nur ein Restfragment hinter frischgepflanzten Bäumchen, die stramm Spalier stehn, wo ehemals die Schatten der Wachhunde an der langen Leine...

Erde Werde Erde – heißt's! – in schwarzer Schrift, schwer lesbar auf Distanz, zwischen den strammen Stämmchen.

Zum Gedenken an die Opfer. Die wie Lemminge...

Und am Ende, nach der Wende: Stadtverkehr am Horizont. Die freie Zirkulation. Von Ost nach West, von West nach Osten. Und kein Außen und kein Innen mehr, nur –

Schuttland – ungenützt – mitten in der Stadt!

Ja – bist du denn Spekulant? Fett und schwer, wie du in deinem Kerker geworden bist. Begutachtest du Bauland, daß du so stapfst? Prüfst du den Grund? Willst du's gleich nachbauen, hier? dein obszönes Schloß? als idealen Knast? für jegliche Simulation? Ja – bist du denn Kapitalist? Du hast doch kein Geld! Du hast ja nie Geld! Du bist doch längst abgewickelt. Bei der vorvorvorletzten Revolution! Du Bankrotteur! Darum stampfst du doch so ... dein Endlosband! Gib's her! Jetzt wollen's alle haben. Abwickeln wollen sie dein Endlosband! Kopieren als Spielanleitung!

Und du hättest's verloren?

Verleugnest du's plötzlich? Deine Handschrift? die Autorschaft? Du willst's nicht gewesen sein?

Wie gut, daß niemand weiß – daß ich Juliette und Justine heiß'?

Bis es dich zerreißt! Hier, auf dieser Andreasfalte. Dieser Verwerfung! Nichts als eine Verwerfung. Und ein großes Beben!

Nichts als ein Beben.

Das dumpfe Grollen aus dem Kern. Die Kruste wäre wieder dünn. Gezirp?

Eine niedliche Brut. Doch wie will man wissen, wie die zirpten, mit rhythmisch wackelndem Köpfchen, wenn sie ihre Eierschalen sprengten, mit furchtbarer Kralle? Da war noch kein Ohr, es zu hören, mit Häutchen und Knöchelchen. Kein Medium, das den Schall, besagtes Gezirpe der Brut, hätte bewahren können, auf Tonträger. Nichts als Imitation, elektronisch, eine Simulation aufgrund fragwürdiger physiologischer Analogieschlüsse, eine Mutmaßung, Anmaßung, rein spekulativ...

Ja – geht's denn um Wissenschaft?! Wozu Wahrheit?! Um Unterhaltung geht's. Nichts als Unterhaltung! Wie bei deinem Endlosband auch. Darum zirpt diese Schlangenbrut so, in ihrem mutmaßlich urweltlichen Biotop, gestaltet mit viel Phantasie – aus Gummi!

So unschuldig –

Wie Disneyland. Das Disneyland der Gummimonster.

Schau!, du kannst dir sogar eines kaufen, auf den Bazartischen vor dem Museum feilgeboten, als Andenken, schrill in den Farben, rot, blau, oder gelb?, aus Plastik, verkleinert.

Willst du? oder lieber die Mütze? Beides, am Ende?

...auf dem Kopf die Uniformmütze, mit den bedeutenden Zeichen, in der einen Faust die elegante Peitsche aus der Boutique, in der anderen den Tyrannosaurus Rex als elementarfarbenes Gummitierchen, an deinem Unterbauch unsichtbar festgesaugt mit dem Saugnapf der schwergewichtige Abguß jenes langschwänzigen Amerikaners, dergestalt, daß er aus deinem Offiziersrock hervorlugt, und singend,

angenehm elektronisch verstärkt: erkämpft das
Menschenrecht...

Die dämmrigen alten Museumssäle der Naturgeschichte sind menschenleer, ein verlassenes Labyrinth rings um den einen, attraktiven Saal mit der Wanderausstellung, in den alles sich drängt, als wäre Gummi magnetisch.

Wie Abstellkammern, vollgestellt mit ausgestopften Tieren; Paarhufer, Rotwild.

Ein botanischer Lehrgang, der von einem Raum in den anderen führt ... über die Zoologie bis zur Anthropologie ... der naturgeschichtliche Lehrpfad der Evolution. Keine Tonbildschau. Kein kleiner Computer, und du könntest mit einem Fingerdruck die Evolution auslösen: so daß ein lustiges Komixungeheuerchen dem Meer entsteigt, denn alles Leben kommt doch aus dem Wasser, und sich als kluges kleines Monster überlegt, was es jetzt braucht, um zu überleben: eine Lunge, schwups! hat's eine, eine dickere Haut, um nicht zu vertrocknen, schon hat's eine, eine Niere, das Meer in uns!, ein Knochengerüst, Füßchen, um nicht platt liegenzubleiben, erdrückt vom eigenen Gewicht, schon richtet sich's auf, und auf tapsigen Füßchen! Jahrmillionen im Zeitraffer! Für tapsige Pfötchen, die nach dem roten Monsterchen grapschen, und schon hat das Folgen ... nein, doch nicht hier! Nichts zum Anfassen. Hinter Glas alles. Nicht berühren, bitte! Kein Geld für Museumstechnologie. Nur Sprache, Schrift. Handschrift, auf holzhaltigem Papier, vergilbt, mühsam zu lesen, für ein geschultes Publikum. Zeitraubend: dieser Lehrgang von der Urpflanze bis zur Menschwerdung. Menschwerdung durch Arbeit, kannst du da lesen. Und die Arbeit führte zur Herausbildung der Sprache, zur Koordinierung des Arbeitsablaufs, in Gemeinschaften, von der Arbeit gefordert, von der Sprache gebildet, als vergesellschaftete Arbeit und vergesellschaftete Sprache. Und am Ende ... da stehen sie in Gemeinschaft, weiß, schwarz und braun, unbeholfen gemalt, mit Haar eher geziert als bedeckt, gekleidet in Fell, mit schönen Gesichtern und stolzem Blick, von allem Rohen gereinigt. Versittlicht.

Da müßte doch eigentlich, irgendwo auf diesem Pfad der Menschwerdung – geh zurück! geh zurück! – ein Hinweis zu finden sein auf die Metamorphose der Pflanzen und Tiere, auf die Spiraltendenzen der Vegetation, auf den Erfinder der Urpflanze, auf den Entdecker des Zwischenkieferknochens zumindest! ... Eine Gipsbüste? ... Wo ist er denn? ... Einfach vergessen? ... Arbeitsteilung zwischen den Gedenkstätten des Klassischen Erbes in Weimar und den Museen der Hauptstadt? Kompetenzstreitigkeiten? Besitzneid? Ein ideologischer Zwist höheren Ortes?! Längst hinfällig!

Komm. Gehn wir.

Er ist hier nicht zu finden – da kannst du lange zurückgehen! – Er mochte die Stadt sowieso nie. Geringschätzung bei Hof, wegen «Götz». Eine unordentliche Stadt, schlechte Straßenbeleuchtung, verwahrloste Chausseen, viel Mist: Sodom-Berlin. Zu kaltschnäuzig – für Goethe. Erst spät eine ironische Versöhnung, lächelnd, wegen Zelter, dem Fachmann für die Versittlichung der Musik.

Ein schwarzer Wald, auf der Schattenseite jenes Hügels, eine Rodung. Eine Wunde. Von Stacheldraht vernäht, vernarbt, vom Turm gepfählt. Wuchernde Brombeerranken, Ackerwinden, Kletten, Moos —

Der Wald will keine Wunde. Die Natur schluckt alles, was sie schlucken kann, gleichgültig, geduldig, zäh.

Man würde wieder Ammonshörner suchen dort; fossile Weichtiere, versteinert; und einen Ur-Stier finden im Steinbruch, Zeugen der Evolution. Nichts geht verloren. Alles ist bewahrt, im Embryo, vom Weichtier bis zum Wirbeltier. Und alles ist Entwicklung.

Willst du's leugnen?

... und es würden sich wieder Ur-Stiere tummeln, dort, am Ettersberg? und es wäre gar kein Hügelzug, sondern ein Riff, in dessen Höhlen, Mulden, Haie schlafen und die Ammonshörner in ihren Gehäuseschalen ruhn?

Ein Vogelparadies — hört man. Für passionierte Ornithologen. Und für solche, die es werden wollen — noch in hohem Alter — und die sich gern belehren lassen: über die Mauser der Vögel. Und es wäre keine Krankheit! Über Grasmücken, Drosseln, Ammern. Bei einem Picknick, mit gebratnen Rebhühnchen und einer guten Flasche Wein, auf der Lichtung. Über die Klugheit der Zaunkönige geht das Gespräch. Und über die Gastfreundschaft der vergleichsweise winzigen Insektenvögel dem wunderungswürdigen Kuckuck gegenüber, so daß ein Naturgesetz der Gastfreundschaft beinahe zu vermuten wäre ... und am Himmel über den beiden Redenden, beim Picknick, kreiste die Möwe und sähe nur Beute ... und im Tal dort, wo das Städtchen liegt, und noch liegt es in der Sonne, während es auf der Schattenseite jenes Hügelzuges dunkelt: Walfische!

Und das schmiedeeiserne Tor, halboffen, überwuchert von den Ranken, von Brombeer, Tang, Korallen, von Muscheln überwachsen, wäre wie ein Wrack.

«Jedem das Seine». Das Gold zwar abgeblättert; doch die Zierschrift in den Gitterstäben, behutsam vom Brombeermuscheltang gesäubert, wäre noch immer lesbar an dem Tor ... von innen! ... doch wo wäre da außen, für den neugierigen Taucher, wo innen?

Noch gäbe es da, für den jungen Ornithologen und seinen ehrwürdigen Schüler, keine breite Straße auf den Hügel, durch den Wald, keine «Blutstraße» gäbe es, für die schwarze

Halbchaise ... die du verschwommen sähst, wie unter Wasser ... gäbe es da einen Pfad?

Du brauchst doch einen Wagen!
Und am Samstag.
Dies irae, dies illae.
Du kannst dem Fahrplan nicht vertrauen. Am Wochenende fallen Kurse aus – doch welche? Eine schlechte Busverbindung auf den Ettersberg. Volkseigenes Rollmaterial, noch nicht abgewickelt, staubig und geflickt.

Es muß Samstag sein! Am Tag des Strafgerichts.

Du mußt auf den Ettersberg. Du wirst erwartet dort.

Das graue Häuschen der Busstation im Stadtzentrum ist menschenleer. Nur ein einzelner, verbeulter Bus – und kein Fahrer.

Ein schöner Morgen. Klar und hell und voller Luft. Wolkenhaie überm großen Park, die sich aufblähen, den Rachen öffnen, einander verschlingen, sich auflösen, neu formen. Eine lautlose Verfolgungsjagd, gemächlich, ohne Hast, im Blau des Himmels.

Ein Morgen für Spaziergänge, weitläufig, auf den Ilmwiesen. Ein schöner Ort ... der schönste Ort der Stadt! ... wo die Stadt sich auflöst an den Rändern und die Landschaft eingreift in die Stadt. Überhaupt ein nettes Städtchen, ein wenig zerfallen, ein wenig heruntergekommen, der Natur überlassen, der Natur gemäß. Doch schon wird geputzt und aufgeräumt. Die Straßen: aufgerissen. Die Kanalisation erneuert. Die Leitungen ersetzt. Und auch die Gastronomie – wie Pilze nach einem warmen Regen! Trüffel, weiß oder schwarz, gehackt in frischer Gänseleber, in Wildpastetchen, überhaupt Pastetchen – kannst du haben! Endlich! Alles! Und so wärest du der ideale Gast? Nur Gast hier, und inkognito.

Du könntest also, nach einem langen Morgenspaziergang – an dem kleinen Teich vorbei, oder lieber übers Brückchen?, dem Flüßchen entlang, weit übers Römische Haus hinaus, nachdem du dort auf jener Terrasse, auch bei Tag ein düstrer Ort, eine Weile sinnierend zu dem Gartenhaus hinüber ... wäre das nicht ein Alterssitz für dich? Dich niederlassen hier? Auf dem gesunden Sitzbock? über la bande dessinée gebeugt, dort auf dem Stehpult, dein Endlosband als postmodernen Comic-Strip vollenden? Wirken, hier? Als wundrungswürdiger Kuckuck, im gemachten Nest? oder lieber im Römischen Haus, standesgemäß, als Residenz ... und derzeit günstiger zu erwerben, als Lacoste wieder aufzubauen ... oder nur spazieren? ... wo du da hinkämst? ... das Ende dieser verdammten Ilmwiesen ist ja nicht abzusehen!

Was drängst du so? Warum die Ungeduld? Die Hast? Willst du nicht wirken hier? Suchst du nur deinen Fahrer in dem Park – und der stände hier, wie sie in Stadtparks stehen, und würde seine Reize zeigen, rundum, arbeitslos zur Zeit, und du könntest ihn ... mieten? – da?! dort?! wo denn?! – nichts? nur Bäume, die dastehn, als harrten sie ... auf nichts? So nimm dir Zeit. Gewirkt ist hier genug geworden! Wirkung wird von dir nicht mehr verlangt! Ein wenig spazieren, also; und wenn dir der Atem ausgeht, ein wenig aufgelöst schon von der Frühlingswärme, dich gegen Mittag in den «Weißen Schwan» setzen, dem Frauenplan gegenüber; mit Blick aufs Hoftor? und auf die Ausfahrt jenes Einspänners warten? auf die Heimkehr jener Chaise? Und mit einem Kennerlächeln die kleine Tasche, rechts, im gelben Innenpolster gleich erkannt, die Tasche für das Schreibzeug, das unentbehrliche ... Schreibzeug? wo hast du dein Schreibzeug? ... ins Vorderstübchen also würdest du dich setzen. Auf eines dieser Lehnstühlchen, mit zu runder Rückenlehne, zu engen Armlehnen, ein Pizzeriastühlchen eben und kein Louis-Quinze-Fauteuil, und im Grunde sitzt du nur auf einem Louis-Quinze-Fauteuil wirklich bequem, diesem ästhetisch wie anatomisch-physiologisch unübertroffen genialen Möbelstück...

Wirst du nostalgisch?

Nein. Essen würdest du hier nicht. Du könntest einen Goethe-Weinbrand® trinken? Dort, auf der Kredenz, steht die Geschenkpackung bereit.

Goethe, ein Weinbrand?

Der trank doch – Madeira? Schon zum Frühstück. Und zwei Flaschen Wein pro Tag. Bei all dem Besuchsverkehr! Gäste jeden Mittag! Kritiklose Bewunderung schon am Mittagstisch, was willst du andres tun...

Neidest du's ihm?

Möchtest du eine Champagner-Marke sein? Champagner?

Kein Weißwein, bitte... sonst wirst du mir zu aggressiv...

Ein zehnjähriger Pommard also, im Offenausschank? Vollmundig? Gehaltvoll? Leider ist die Sprache der Önologie nicht recht entwickelt. Zu undifferenziert, mitunter enigmatisch. Leichter Himbeergeschmack? Himbeergeschmack! in önologischem Zusammenhang! – ist falsch. Es weckt die falsche Assoziation... Läge da nicht, könntest du dich fragen, hättest du ein wenig Sinn entwickelt für den *Markt*, und eigentlich glaubtest du ja an den Markt, an *diesen* Sinn, wenn auch erfolglos, ökonomisch, leider, für dich selbst, läge da nicht, frage ich, ein durchaus lohnenswertes Wirkungsfeld für einen Schriftsteller? Hier und heute? Nach Abschaffung des Schriftstellers als moralischer Instanz – abgeschafft, sage ich!, längst vor der Zeit! von dir! nicht der Schriftsteller als philosophische Instanz, als sprachliche Instanz natürlich, aber seine Moral! abgeschafft! – in deinem Sinne also? Werbung, Wahlhilfe gewissermaßen? Alles anbieten, literarisch ansprechend verpackt, um die Auswahl zu erleichtern? Literatur als Konsumentenhilfe? marktwirtschaftliche Orientierungshilfe? Lohnend, sage ich, als Aufgabe und Herausforderung, insbesondere für jene Schriftsteller, deren hervorragende Fähigkeit in der sinnlichen Beschreibung von Gerüchen besteht ... denn alle Önologie beginnt doch beim Geruch ...

Dein zehnjähriger Pommard – die Flasche ist seit einer Woche offen. Du merkst es schon beim ersten Schluck. Als würdest du – aus Heimweh? – ein regenfeuchtes Eisengeländer küssen. Gewiß – du zweifelst nicht daran – war die Flasche, nach Entkorkung, mit dem modernsten Vakuumverschluß wieder verschlossen. Mit einem obszönen Chromstahlhütchen. Luftdicht. Doch das nützt bei einem alten Wein rein gar nichts. Denn der oxidiert sofort. Kaum kommt da Luft hinein, kaum kommt dieser besondere Saft, aus der Finsternis der Gärung, mit Sauerstoff in Berührung – trinken! sonst ist die Kraft weg. Dünn. Ein Wässerchen. Und das ist doch schade, nachdem man den Wein so lang hat reifen, warten, leiden lassen. Denn jede Reifung, jede Gärung, ist, chemisch gesprochen, ein Erleiden, passiv. Während man selber litt! unter Vorlust, passiv, untätig, in Bezug auf diesen Wein, zehn Jahre lang. Und was mußte schon der Rebstock leiden für deine Lust an einem reichen, großen Wein! auf kargem Boden ohne Dünger kümmernd; damit die Wurzeln aus Verzweiflung in die Tiefe wachsen; und mit aller Kraft dieser Verzweiflung, um des Überlebens willen, der Natur gemäß, die geschmacksbildenden Mineralstoffe aus dem tiefsten Erdreich saugen ... und du hättest, deiner Natur gemäß, kein Mitleid mit der sinnlos leidenden Natur? ... und so könntest du nun ... willst du? ... ein ganzes Heer umherflitzender blutjunger Kellnerinnen, eine ganze Abordnung umherflatternder, blaß-junger Kellnerchen, ja, eine ganze Küchenbrigade ganz hübsch leiden machen ... willst du nicht? Überläßt du's lieber diesen Herren da – aus Frankfurt? Hamburg? Dortmund? Diesen Versicherungsvertretern aus Düsseldorf? Diesen Hausierern aus – Hannover? Den Nilpferden? Die schimpfen, daß es eine Freude ist. Mit unverhohlener Schadenfreude. Als dürften sie jetzt endlich, endlich ... gastronomisch explodieren? Die Justines, diese blassen, stroh- und silberblonden, belles comme Vénus, die ebenso blassen Blut-Jungen, plus beaux que l'amour même, leiden ganz reizend. Mit diesem kaum mehr unterdrückten Kichern am Rand des mutmaßlichen Chaos. Der ökonomischen Katastrophe? ... jedenfalls so, als ginge es beständig darum, Katastrophen zu verhindern. Auf kindliche Art. Beflissen und beherzt. Mit diesem Mein Gott! wenn Aschenbecher urplötzlich anfangen stinkend zu rauchen – und gleich zwei herbeiflatternde Justines sich auf ein gefährdetes, leicht brennbares Nilpferd stürzen.

Kinder, die keine Chance haben, nur den Charme bedingungsloser Unterwerfung – unter die Wirklichkeit! Als wüßten sie nichts Besseres. Als mache es ihnen fast Spaß, derart heiter tätig mit angeblich zu kalten Speisen und zu warmen Flaschen hin- und herzuflitzen, mit dieser schier verzweifelten Heiterkeit! sage ich! der Heiterkeit verzweifelter Tätigkeit! – die den Speisesaal zu animieren, zu beseelen scheint.

Die Älteren hingegen leiden still und schlecht. Da steht er – dreißig? fünfunddreißig? Bleich, schmal, unauffällig kurzgeschoren, zwei Teller in den Händen – in der linken einen dampfend vollen, der aufzutischen wäre, in der rechten einen halbwegs leergefressenen, der abzuräumen wäre, und er hat vergessen, was er gelernt hat, und erst kürzlich, hat er in diesem Augenblick vergessen – alles, was er je gelernt hat: die Losung. Vorwärts zum. Die Zahl. Das Wort. Kollegin. Genosse Kellner! Haben wir nicht. Kollege König. Lassen Sie den Stuhl da! Antifa. Ein Dreiertisch! Kein Vierertisch. Die unverbrüchliche Freundschaft. Bruderpartei. Imperialismus! Revanchismus! Bonn? Berlin! Die Hauptstadt? West-Berlin. Selbständige politische Einheit. Einheit?! – er steht da, zwei Teller in den Händen, und blickt abwechselnd zum Servierboy, der nicht im Traum daran denkt, auf seinen vier Rädchen selbsttätig herbeizueilen, und zu diesem Nilpferdnacken, diesem zu engen Kragen (kurz vorm Platzen), zu diesem ... Gast, der nicht im Traum daran denkt, einen Kellner wahrzunehmen.

«Das Schwerste tue zuerst!» Sieht aus, als kennte er den Satz. Doch was ist schwieriger zu tun hier – auftischen oder abräumen?

Nicht *dein* Problem! Die Nationale Frage ist nicht dein Problem – und keine Frage! Weltbürger – du? Und es wäre nur ein Sprachproblem? Und diese Umwertung aller Werte, diese Umwälzung, wäre immer wieder, und egal wo, das Wälzen jenes ewig gleichen Steins – Ökonomie? – und du möchtest nicht mehr ... wälzen? Kein Leiden! Nein! Den Fehler würdest du kein zweites Mal begehen –

Eine Spätlese also? Ja – war's wirklich eine Spätlese? Ein Riesling? Der souveräne Kellner sprach so leise, so dezent. Hast du vergessen, was dir schmeckt? Müßtest du zurückkehren, also, und bei der Lektüre jener sagenhaften Weinkarte würde dir wieder einfallen, was dir in den vergangenen Tagen so geschmeckt hat, aufgrund des Schriftbildes, denn alle Erinnerung an Namen, Wörter, Schrift ist nichts als Bild – Und so würdest du, diese Weinkarte lesend, Appetit bekommen, denn l'appétit vient en buvant, nach dem ersten Glas Spätlese, auf einen anderen Geschmack auf der Zunge, ein anderes Schriftbild im Kopf ... und so würdest du, in dieser heiteren Atmosphäre lustiger Unterwerfung, Geschmäcker ausprobierend, Gerüche und Schriftbilder, in der außerordentlich bequemen Erzählposition des allwissenden Lesers, des genießenden Voyeurs – bequem, sage ich, denn du sitzt tatsächlich auf einem Louis-Quinze-Fauteuil, zwar Imitation, aber deiner Physis gemäß kopiert, genießend, sage ich, gleichermaßen die Lust des Sadisten und die Lust des Masochisten...

Die Lust des Masochisten? Und die hättest du vergessen?! Du?!

Willst du nur Weinkarten noch lesen?!

... und so würdest du aus deinen ausgebeulten Rocktaschen, verdächtig, wo beginnt der Rock und wo der Leib...

Dein Schreibzeug?

Goethes Tagebücher? Am Ende nur noch Listen abgegangener Sendungen und empfangener Personen. Eckermann? Der ornithologische Schatten? Der Hofberichterstatter, der Bewunderer – ein Masochist? Der Werther? Masochist? Und von Genuß fändest du keine Spur? Fändest keinen Genuß an ... Lotte in Weimar? Der Farbenlehre. Der Strafkolonie, womöglich ... die Strafkolonie solltest du außer acht nicht lassen! ... Ja, und dein Endlosband?! Dieses Fragment! in alten Ausgaben überdies entstellt, von Fehlern gramselnd, wie ein Ameisenhaufen, Fragment! Zwei Drittel nichts als Plan! Die Justine? Dieser Trampel! Der wie ein dickhäutiges Nilpferd von einer Masochisten-Falle in die nächste trampelt, unsensibel, von den Schicksalsschlägen stumpf geworden, schier unempfindlich, und alle Fallen schnappen zu. Nichts als das Geräusch zuschnappender Masochisten-Fallen. Und du fändest keine Spur, nicht die geringste Spur ... suchst du die Falle?

Bist du Masochist?!

... und du würdest gar nicht merken, daß du der allerletzte bist. Und sie stünden längst im Dämmer vornehmer Dezenz – in einer Reihe nebeneinander an der Tür des Speisesaales, die weißen Servietten über den angewinkelten Arm gelegt, und würden klaglos warten ... bis du fertig bist?

Noch ein Wunsch, der Herr?

Bist du ein Nilpferd?!

Mußt du *ruhn*?!

... nach all dem schweren Wein. In dem kleinen Einzelzimmer oben. Dem die Dezenz des Speisesaales fehlt. Trotz aller Standardausrüstung (Fernseher mit Video-Anschluß, Radio, Minibar pp., neu eingebaut) noch immer ein wenig Tagungsstätte oder Gewerkschaftsheim. Das Bett ein wenig schmal, für deinen grenzenlosen Leib. Die Dusche, fixiert und nicht verstellbar, ist zu hoch für deine Winzigkeit. Egal. Was willst du duschen?! Schrumpfe!

Und so könntest du ... der Mittagsschlaf, diese patrizische Gewohnheit, ist die beste Zeit ... ein wenig träumen. Träumen vom samstäglichen Fest. Die Samstage weiterträumen ... in jenem Dämmerzustand halber Steifheit, da eine Krise weder notwendig noch wünschenswert ist ... von jener Marmorsäule träumen, an der die Instrumente hängen, im Schein der Lichter, diesem Flutlicht von den Lüstern, respekteinflößend, Unterwerfung heischend, und da wäre keine Spur ... von Heiterkeit? Und es wäre eine Wollust, ja, für wen? ... in jenem Keller, unterm Boden ... von medizinischen Geräten zu träumen, von Skalpellen, Spritzen, Nadeln, Nähzeug, Knochensägen, Chirurgenbesteck ... von weißen Mäusen zu träumen? ... Reptilien in den Terrarien, giftigem Gewürm für den Humanversuch ... von der Verfolgungsjagd im Inneren des Körpers ... oder im Blau des Himmels ... träumen? vom idealen Prügelbock? wo der zu finden wäre? von Wachsfolter zu träumen? von glühenden Zigarettenspitzen, lebenden Aschenbechern, von Aschenregen, Funkensprühen, Feuersturm ...

Warum denn träumen?

Zeigen! Hier! und heute! im Land der sprießenden Videotheken, der abgewickelten Schrift ... Zeigen! ... Kann man's denn nicht längst sehen überall ... inszeniert auf Breitleinwand ... verfremdet. Und du siehst doch: Tricks, getürkt. Der pralle Arsch, der so geil zuckt, wird von der Peitsche nicht getroffen: keine Peitsche, nur rasche Filmschnitte, ein diffuses Flimmern in der Luft – oder sind's Seidenfäden? Und dieser verschämt unsichere Umgang mit Schwänzen, am untern Bildrand, halb schon weggeschnitten – abgeschnitten? echt?

Echt – Pasolini! Diese heroische Geste. Die erhobene Proletarierfaust des splitternackten Proletariers vor dem entdeckten Liebesnest – bevor es kracht.

Du mußt ja hochfahrn! – aus deinem nachmittäglichen Ruhn! – vor deinem Fernsehapparat, videovernetzt, verkabelt – hast du noch nicht genug geträumt? – zweihundert Jahre lang nichts als Kopfkino – die 120 Tage auf Kassette, immer wieder abgespielt, eingesperrt in deinem Hotelzimmer, und dazu womöglich sechshundert verschiedene Käsesorten kosten, und von allen, bis es dich zerreißt!

Es muß dich ja zerreißen!

... und statt dessen würdest du nur ... weitersaufen? am Ende unterm Boden, im Kellergewölbe der Hotelbar, eine Mischung aus Astronauten-Space-Lab und Mitropa, eigentümlich von Neonröhren erhellt, versunken in einer der schwarzledernen Nilpferdkojen, die hintereinander stehen – wie in einem Zug ohne Fenster, auf dem Weg ins Innerste der Erde, in den glühenden Kern – du willst doch ins Innerste! – oder in einer Kapsel in den Weltraum? – und du wärest längst der letzte, umzingelt von Schriften, in Schrift eingehüllt, wie eingewikkelt in die Schrift, nichts als Schrift! – im Innersten allein ... mit deinem Opfer? bis ihm der Geduldsfaden risse –

Noch ein Wunsch, der Herr?
Ein Wagen!

Kamerafahrt auf das Tor zu, den dunklen Durchgang, Schwenk auf den hölzernen Wachturm darüber, die Uhr, die auf Viertel nach drei steht, Schwenk durch den Durchgang, Zoom auf das Gitter, den goldenen Schriftzug, verkehrt zwischen den schmiedeeisernen Stäben:
«Jedem das Seine.»
Himmel, diesig, dahinter.
Es ist *deine* Losung!
Nein!
Das Geräusch zuschlagender Gittertore, der Nachhall vom vibrierenden Gitter. Das Eisentor in der Mauer, das Nadelöhr, das hinter dir zuschlägt. Zellentüren, die zuschlagen. Geschlossene Türen, von außen verschlossen.
Nein!
Und der Knall niederprasselnder Ochsenziemer und Knüppel? Und das Schreien, das Wimmern? Und das Geklapper der Schuhe im Laufschritt? Und das Knallen der Stiefel? Und das Gebrüll aus dem Lautsprecher? Die schneidige Stimme? Nichts als Zahlen, nur Nummern? Und das Gebell der Dobermannhunde?
Nein!

Die Rodung umkreisen ... Schwenk: auf die Straße, die dem Stacheldraht entlang in den Wald führt. Zoom auf den Wegweiser: Kiesgrube.

Einblendung: Torfbruch.

Die Schicht ist doch abgetragen!

Arbeitsfolter – sage ich, im Off – ist dir fremd.

Ein guter Patron. Patriarchalisch feudal, aufgeklärt. Drohne, nicht Nilpferd. Keine spitze Kalkulation, mit kindlichem Material, in den hintersten, engsten Stollen des Bergwerkes – wie lange das Material hält? bis es reißt? die Lunge zerreißt? Daß sie stürben jedoch, wie die Fliegen, vor der Zeit, wäre nicht sehr rentabel.

Um Rentabilität geht's hier nicht!

Zuschauen – genießen – ist dir nicht fremd, dir nicht!

Sehen, wie es anderen schlechter geht als dir. Und du genössest erst jetzt so richtig die behagliche Wärme deiner Uniform, deine gefütterten Handschuhe, deine Kraft, deine Stärke, deine Gesundheit, da der eiserne Handkarren kippt und das Urgestein ein halbes Dutzend Häftlinge erschlägt ... Da spürtest du die Muskelkraft in deinen Armen, da ließest du deinen Bizeps unterm Wams spielen, da genössest du deinen Bizeps, erst da wäre dir so richtig wohl in deiner Haut, während du zuschaust, wie sie versuchen, mit bloßen Händen die Brocken zu stemmen, den Karren zu halten, den Bergsturz zu verhindern, den Berg festzuhalten, während einer deiner Unterhunde – du schlägst nicht mehr selbst – auf sie einschlägt, auf die mageren Rücken, mit der improvisierten Peitsche aus elektrischen Kabeln, mit aller Kraft – und sie schaffen's nicht mehr – und der gleichgültige Berg kommt? Eine Krise? Steht dir der Schwanz? Nein? Ist der Gestank nach Krankheit, Verwesung, Blut – ist der Anblick ausgezehrter Körper, dreckiger Kleidung, offener eitriger Wunden deinem Genuß abträglich? Es ekelt dich doch! Unästhetisch! Ja, was schnaufst du denn so? Was bleibst du denn stehen? Willst du zurück – in die Amtsstube – und die Lektüre der Rapporte genügte dir zum Genuß? Die Ziffern, die Zahlen. Die Statistik der täglichen Abgänge und Ausfälle. In der behaglich geheizten Amtsstube. So daß dir heiß würde, hinterm hölzernen Tisch in der Amtsstube, das Blatt Papier in der zittrigen Hand, vor Augen die verschwimmenden Ziffern und Zahlen, im Kopf das Bewußtsein von Abgängen – nichts als Abgänge!

Was starrst du denn so?

Ja – was ist denn – was liegt denn dort auf der Straße im Weg, kurz vor der Biegung, die zu der Kiesgrube führt?

Ein Stein? Weißlich, mit Erdkrümeln daran.

Von der Böschung gerutscht?

Ein Brocken?

Willst du's nicht zeigen?

Zoom – auf den Schafschädel. Ein Bock.

Ja – was tummelt sich da im Wald, zu beiden Seiten der Straße? Was erwartet dich jenseits der Biegung? Du bist ja allein. Ein verwilderter Hund? Ein überlebender Dobermann, der sich versteckt gehalten hat im Wald, Junge geworfen – eine verborgene Meute? Ein Bär aus dem Zwinger der Frau Kommandantin?

Fürchtest du dich? Und was fürchtest du mehr: den überlebenden Bären oder den Menschen?

Ja – käme der plötzlich um die parabolische Biegung des Wegs, aus dem Wald, aus dem Bruch – der Alte, ein Ammonshorn in der Hand – und in jugendlicher Begleitung. Und er sähe dich nicht. Nur den Schädel da, auf der Straße, und er bückte sich und nähme den Schädel furchtlos in die Hand, denn er ist furchtlos, und er zeigte seinem Begleiter, den Schafschädel mit der Hand säubernd, den Zwischenkieferknochen. Als würde er den berühmten Knochen immer wieder aufs neue entdecken. Und sähe er dich plötzlich, so wäre von nichts als dem Knochen die Rede.

Von der Entwicklung der Wirbeltiere, bis hin zu dem Menschen, zu IHM. Von dem niederen Tier da wäre die Rede. Dem versteinerten Weichtier. Von gleichgültigem tierischem Hülfsorgan. Von der Entwicklung zum Unspezifischen. Von den durch organische Kochung bezwungenen Farben, vom Verschwinden der Elementarfarben auf der Oberfläche der Haut, die ins Gelbliche, Rötliche, Braune spielt. Von der Verarbeitung alles Stoffartigen. Vom Schwinden der Oberfläche, von dem Aufwand aufs Innere, vom Inneren wäre die Rede: von der Monade, die wandert, immer höher, bis zu den Sternen – und als Sternmonas entkommt!

Auf die erdabgewandte Seite des Monds, in das aschgraue Mondlicht?

In die Glaskugel? Das gläserne Land? Zu den Seifenblasen, die Farberscheinungen auf dem rotierenden Häutchen beobachtend, am Strohhalm, bis die Sprechblase platzt?!

Entkommen? wie immer? und allem?!

Schwenk: auf den diesigen Himmel.

Ein Raubvogel? Hast du ihn schön im Visier? Über dem Wald und der Rodung. Ein kreisender, segelnder Bussard. Auf der Suche nach Nahrung, nach Beute.

Und der wüßte nicht, was er sieht? – und du weißt es!

«Jedem das Seine». Gold, zwischen den schwarzen, schmiedeeisernen Stäben.

Ohne Spiegel zu lesen.

Ein Grundsatz des Römischen Rechts.

Dem Recht – das nicht mit uns geboren! – du weißt's doch! – ist nicht zu trauen – und so ist jede Verkehrung, im Spiegel, die Wahrheit. Das muß dich erregen! wie jede Verkehrung. Es reizt dich. Es verlockt dich.

Und der – sieht nichts als Steinchen? von oben?

Ockerbraun. Kies. Ein Geviert. Penibel von allem Unkraut gereinigt. Von Hand, maschinell und mit Gift. Sonst kommt der Wald, dort, von den Rändern. Und das Kraut erinnert sich an das Wuchern, programmiert in den Genen, denn alles will wuchern ... will wachsen ...
    Ausreißen! Vergiften!
    Nichts als Steinchen. Ockerbraun. Kies.
    Und Betonbalken. In Reih und Glied, Rechtecke bildend. Fundamente. Der Kies im Innern ist schwarz. Brandschwarz.
    Eine Steintafel, mit der Blocknummer, neben jedem Barackenfundament, wie ein Grabstein.
    Ein Zellentrakt am Rand des Gevierts, zwischen dem Stacheldraht und dem Tor; die kleinen vergitterten Fenster, mit den grünen metallenen Sichtblenden, liegen zu hoch.
    Ein Gefangenenlager; eine Strafkolonie.
    Soviel weißt du; soviel sieht doch auch er! – und gäbe es zu Protokoll dem Begleiter?

Zoom – auf den dicken, den niedrigen Schornstein, ohne Rauch – Schwenk: auf den Himmel.

Wo kommt denn der Ton her? wie eine Störung. Ein leises, ein hohes, ein zartes Singen ... metallisch ... im Stacheldraht, Wind, der so singt? ... aber von oben, von nirgends, von fern.

«Singende Pferdchen».

Zoom – auf den rostigen Handkarren. Schwenk: auf den Holzpfahl. Ein geschundener Baum. Noch sind die Ansätze der Äste erkennbar. Entwurzelt, geschunden, entlaubt.

Der Karren, der Pfahl, nebeneinander im Kies.

Arrangiert.

Wie ein Kunstwerk? Wie kannst du auf diese Idee kommen?! Hast du denn – die *Feuerstelle* gesehen? Die *Fettecke*? Die *Honigpumpe*? Den Hut auf dem zertrümmerten Schädel – daß der zertrümmert ist, mußt du wissen! Sonst verstehst du den Hut nicht. Die Verletzung bedecken – die Metallplatte – und zeigen.

Die sinnlich-sittliche Wirkung gegenständlich-abstrakter Zeichen ist dir vertraut.

Ein Karren. Ein Pfahl.

Ein metallischer Ton, leise, von fern.

Der Karren? erinnert dich der? So daß du erschrickst? Altertümlich, auf zwei großen Rädern. Aber der Henkerskarren war größer! Die Ladebrücke vergittert! Der da faßt keine Tagesration – zweiundzwanzig –, dieser Pferdekarren ist nicht für Menschen bestimmt! für das Gestein, mußt du wissen, die Brocken, und die

Pferde sind Menschen, und die Menschen sind Pferde, barfuß über die Steine, in zerfetzter Kleidung, abgemagert bis auf die Knochen, Skelette, die gegen die Schwerkraft kämpfen: gegen die Brocken, das träge Gestein, als wär's ein Gebirge, das wächst, und das verordnete Singen wird leiser, ein zarter, ein klagender Ton, und einer stolpert und stürzt –

Und: an den Pfahl mit dem! Barfuß, damit er stolpert, stolpern muß beim sinnlosen Schleppen der Brocken, ein Hin- und Herschleppen von einem Waldrand zum andern, bis er stürzt. Ein sinnloses Singen, bis er stolpert beim Singen. Weil er singen muß, bis er nicht mehr schleppen kann, schleppen muß, bis er nicht mehr singen kann, stolpert und stürzt. An den Pfahl da! Kreuzweis gebunden die Hände, die Stoffetzen vom Leib, die Hautfetzen vom Fleisch, das Fleisch von den Knochen, mit der Reitpeitsche, dem Ochsenziemer, dem Rutenbündel – bis der schreit endlich, doch er kann nicht mehr schreien. Weinen? Ein leiser, ein kläglicher Ton – bis der Körper nackt dort am Pfahl hängt, weggeknickt in den Knien, noch lange nicht leblos, nur ohne Bewußtsein, du kannst ihn totschlagen, der schreit nie mehr –

Nein! Das ist kein Pfahl für den Samstag.

Ist denn der Samstag derart in dein Bewußtsein gepfählt, daß du nur noch den Pfahl siehst, die Säule, das Prügelinstrument an der Säule, für die Züchtigungen am Pfahl, daß dir nichts anderes einfällt, angesichts dieses Pfahls? Hast du denn alles vergessen? reicht deine Phantasie nicht mehr aus? Ja – was fällt dir denn ein?

Da hängst du! und rücklings, an dem geschundenen Baum, aufgehängt an deinen verrenkten Armen, und die Füße, knapp überm Boden, von der Schwerkraft angezogen, erreichen den Boden nicht mehr, nie mehr, und dein Gewicht renkt dir die Schultergelenke aus, so daß du an deinen Sehnen hängst, stundenlang, ewig, an dem Pfahl, neben dem Gestein in dem Karren, und jeder, dem es ein wenig besser als dir geht, kann dir zuschauen bei deinen Verrenkungen, den Zuckungen, als Mahnung, wie es einem wie dir ergeht –

Das ist wie rädern. Oder wie Place de la Grève: kreuzigen. Und mit Stockhieben nach und nach sämtliche Knochen gebrochen. Vom Kreuz abgenommen. Ein zuckendes Weichtier. Noch lebend ins Feuer des Scheiterhaufens geworfen. Du – Sodomit!

Asche und Wind.

Nichts als ein Pfahl.

Schnitt.

Schwenk.

Kamerafahrt dem Stacheldraht entlang.

Zoom auf den äußersten Rand des Geviertes – jenseits des Schornsteins –, wo der Stacheldraht vom dornigen Gestrüpp schon niedergedrückt ist. Aufgerissen von Brombeerranken, die von der Wildnis herüberwuchern. Verwuchert mit dem Gestrüpp. Verzahnt mit den Ranken der Wildnis, die sich die Rodung zurückerobern will für den Wald —

Damit dem Pfahl wieder Äste wüchsen; Triebe sprössen; Laub, Blätter, nichts als ein Baum. Eine Buche oder eine Eiche. Für den Natur-Freund bestimmbar, namenlos für den Natur-Feind, ein gleichgültiger Baum unter Bäumen, nichts als ein Baum.

Die Goethe-Eiche — er fände sie nicht mehr — wäre sie nicht so beschriftet — da stand sie! neben einem Barackenfundament.

Zoom auf den Strunk; ausgegossen mit Beton; damit der Baumstrunk nicht fault; wie versteinert. Fossil.

Der Name bleibt — als Idee.

Alle Monaden sind von Natur so unverwüstlich — er gibt's zu Protokoll, seinem Begleiter — daß sie ihre Tätigkeit im Moment der Auflösung selbst nicht einstellen, sondern noch in demselben Augenblicke wieder fortsetzen. So scheiden sie nur aus den alten Verhältnissen, um auf der Stelle wieder neue einzugehen. Bei diesem Wechsel kommt alles darauf an, wie mächtig die Intention sei, die in dieser oder jener Monas enthalten ist. Die Monas einer gebildeten Menschenseele und die eines Bibers, eines Vogels, eines Fisches, das macht einen gewaltigen Unterschied. Jede Monade geht, wo sie hingehört, ins Wasser, in die Luft, in die Erde, ins Feuer, in die Sterne – an eine Vernichtung (gibt er zu Protokoll) ist gar nicht zu denken!

Lach ihn nicht aus! Du dort! am Pfahl – in meinem Rücken – daß es so hallt übers leere Geviert, bis zum Wald, der dein Gelächter verzerrt, zum Echo entstellt ... ein Gelächter? ... ein singender Ton, mit metallischer Stimme – Erbarmen!

So hat er sich das *Dämonische* nicht ausgedacht.

Er fürchtet sich doch, der Alte. Vor der gemeinen Monade, die mächtiger wäre als er, und die ganze Naturbetrachtung hülfe ihm nicht – Erbarmen! mit jenem Alten!

Er weint doch, vor Furcht – oder ist's Trauer? nicht auferstehen zu können? verlorenzugehen? mit dem irdischen Tag, in Äonen, und es wären keine Spuren geblieben? Und du weinst nicht?!

Du fürchtest dich nicht, dort am Pfahl? Du hoffst nicht? Nein! Nichts geht verloren! Und alles ist gleichwertig, gleichgültig, egal. Du kannst nichts zerstören – und bist unzerstörbar. So darf ich dich rädern. Alle Knochen dir brechen. In Stücke dich reißen – du wirst zu Erde, zu Staub, ein Stück Scheiße, Dreck, der wiederverwertet wird, wie jeder Dreck, und aus dem Dreck keimst du schon wieder und wucherst und wächst...

Du! gefühlloser Pfahl! in meinem Rücken. Nichts als ein Strunk.

... und so bliebe denn nur dieses Rumoren im Bauch, von dem Brei in dem Bauch, und in andächtiger Haltung. Verlegen. Strammstehn! – aus Respekt? für diese Leistung, seit vierzig Jahren das Unkraut zu tilgen, zum Gedenken, und täglich? – Gedenken? – als zwängst du dich selbst! wer zwingt dich denn noch aus deiner behaglichen Kirche! deiner Ruhe im Torf! so daß du strammstehst, wie angewurzelt, als wärst du ein Pfahl!

Nur eine Hülle noch, ohne Leib, eine Maske, ohne Gesicht, auf dem Appellplatz: umzingelt vom Wald. Vom Draht eingezäunt.

Der sublim klagende Ton – fern.

Das Rumoren im Bauch – von dem Brei.

Scheiße!

Und du wärst da gefangen...

... und auf der untersten Stufe der Hierarchie dieser Nummern. Nichts als Nummern, zum Abzählen, beim Appell. Du zählst doch so gern? Nichts als Nummern im Kopf? Deine Nummer eingebrannt auf dem Arm. Schlachtvieh. Und auf der Brust das rosafarbene Dreieck. Das Zeichen für den sodomitischen Akt. Kein Genickschuß. Der wäre zu gnädig. Eine Eisenstange, daran hängst du an allen vieren, und nackt; mit kochendem Wasser übergossen; langsam; zuerst das Geschlecht, dann die Brustwarzen, die linke, die rechte – das hast du doch

gern? – nach und nach den ganzen Körper verbrüht, zuletzt das Gesicht. Und das lebt noch, das Schwein? mit einem Stuhlbein erschlagen endlich, von diesen Hünen mit dem goldenen Pfahl, verborgen in der schwarz glänzenden Uniform, die sich alles erlauben mit dir und deinesgleichen, wenn sie besoffen sind – und ohne Befehl, in der Freizeit.
Schnitt!

Ein niedriges, graues Gebäude, einstöckig, langgestreckt, gedrückt – ein Stall.
Umfunktioniert.

Einblendung Schrift: *Rekonstruktion*.

Eine ärztliche Eintrittsmusterung, für den Häftlingstransport, unter sehr lauter Marschmusik – ist das verdächtig? Du hältst den Arm hin, für die Blutentnahme. Mißtraust du den Ärzten? Sind Ärzte bessere Menschen? Weißt du nicht längst alles über die Ärzte? Ist dir das Chirurgenbesteck, in jenem Gewölbe, im Innern der Erde, nicht Hinweis genug? Ähneln sich denn die Instrumente nicht auffällig? Wird dir Blut nur entnommen? Was ist in der Spritze? Ist die Nadel vergiftet?
Du wirst nur vermessen! Deine Körpergröße wird gemessen. Gibt es einen harmloseren Vorgang? Ist der Vorgang des Messens – die Erfassung der Wirklichkeit, aller Wirklichkeiten,

in Zahlen und Formeln – an sich denn gefährlich?

Nur Zahlen! Vergleichbare Größen. Brustumfänge, Kragenweite. Linien und Zoll. AHV-Nummern – nur noch Nummern – ja, bist du nicht vorgewarnt? Ist dir denn die Zwangshandlung, alles zu messen, alles zu zählen: die Tage, die Stunden, die Abgänge, die Introduktionen, die Ejakulationen, die Opfer, die Täter, die Aktiven, die Passiven, die Völker, die Namen, dieses Aufrechnen, Abrechnen und Aufzählen, diese Manie der Statistik, der Buchhaltung, nicht längst so vertraut – daß du allem Messen mißtraust?

Hörst du? – während du nackt unter der Meßlatte stehst, aufrecht, gestreckt, mit durchgebogenem Kreuz, mit dem Rücken zur Wand – in der lauten Marschmusik – das Klopfzeichen, ganz leise? Siehst du, zu deinen Füßen, am Boden, die Rinne? Verdächtig? Ein Abfluß?! Originalgetreu rekonstruiert?! Der Vorhang, an der Wand gegenüber? Ahnst du – nackt unter der Meßlatte, aufrecht, fröstelnd ein wenig – urplötzlich – was dieser Vorhang verbirgt? Verbergen könnte? Ja, was denn?! Mehr kaschiert als verbirgt – ein gewöhnlicher bräunlicher Vorhang, der etwas bedeckt, dessen Funktion du, wäre der Vorhang nicht, vielleicht erkennen könntest. Die Lampen blenden dich doch. Grelles Licht in dem Raum (rekonstruiert?).

Verdächtig grell? absichtlich so berechnet der Einfallswinkel des Lichts, damit es dich blendet? Hast du Angst unter der Meßlatte? Hast du nicht alles geträumt? Noch nicht alles – und du weißt es – da ist noch etwas – und du weißt nicht, was es wäre? Schärft die Angst dein Gehör? Ist dein Gehör nicht längst von dem ewigen Halbdunkel geschärft – nur Ohr noch – nur Angst noch – hörst du das Aufklicken der Klappe in deinem Genick? – erstarrt unter der Meßlatte – spürst du die Gewehrmündung in deinem Genick – ein kühler Lufthauch aus dem anderen, dir verborgenen Raum – ein Hauch des Unbekannten, Unsichtbaren in deinem Nacken – ein Atem? – das letzte Gefühl?

Genial!
Fällt dir nichts Besseres ein?!
Und alles peinlich genau rekonstruiert.
Perfekt.

Keine Zeit für Angst. Wie ein Tier in Panik, den Strick schon am Hals, den Galgen vor Augen, mit bloßen Händen einen SS-Mann erwürgen, Tritt in die Hoden des andern, und abhauen, den Strick am Hals – verstecken, verstecken – ja, wo denn? hinter den Baracken, in den Baracken, gehetzt von den Hunden, zurückgeschleppt übers Kiesgeviert, ein blutiger Klumpen, stranguliert. Stranguliert wegen Handel mit Menschenfleisch, abgeschabt von den Knochen. Widerstand? Nur eine Komplikation. Nein. Kein Widerstand, kein Geschrei – keine Hatz. Keine Tränen. Keine Todesangst – auf dem langwierigen Transport – auf dem hölzernen Karren, über den holprigen Weg, zur Richtstätte gekarrt. Keine Todesangst, beim Ausrasieren des Nackens. Kein Stolpern, mit gefesselten Händen, während du deinen übergewichtigen Leib, mit Süßigkeit vollgestopft, die hölzernen Stufen hinaufschleppst. Nicht dieses Niederknien, mit der ganzen Fülle des Leibs! Nicht dieses langwierige Festschnüren auf dem Brett, mit dem Bewußtsein der Klinge überm Genick – nicht dieses Geräusch!

Nein!

Das Rasseln – hörst du's? – von fern – du mußt es ja hören – das schwindet nicht aus dem Bewußtsein, nie mehr – du hörst es, von fern, im kühlenden Hauch des Abendwindes, am offenen Fenster stehend, im Dunkeln, ein unförmiger Schatten, unkenntlich.

Denn es ist Hochsommer. Aus dem Garten der Geruch brennenden Thymians. Und schon wieder hörst du das Rasseln, gar nicht so fern, jenseits der Gartenmauer.

Wagst du's tatsächlich, das Fenster zu öffnen?

Treibst du's so weit?!

Du, dort! ein Schatten, am Fenster?

Du bist doch abwesend!

Bist gar nicht da –

Verborgen, geborgen –

In jener Privatpension. Zu horrendem Preis!
– der ideale Knast, für die privilegierten Kandidaten. Und man tanzt noch, man trägt Garderobe, man singt, mit annehmlicher Stimme –
während man darauf wartet, daß der Mann mit
der Liste kommt, täglich. Und plötzlich kommen zwei Beamte und begutachten den hübschen Garten. Die Saugfähigkeit des Bodens.
Und schon kommen Arbeiter mit ihren Schaufeln, graben die Gräben und stellen dir die Maschine in den Garten. Jeden Abend das Rasseln!
– zwanzig Mal, dreißig Mal. Das Knirschen der
Karrenräder, das Geräusch der Körper, in die
Grube gekippt, der Geruch von Thymian, der
einen anderen Geruch überdeckt –

Nein! Du bist nicht da!

Man braucht dich nicht zu suchen, in jener
Privatpension aus besseren, aus vergangenen
Zeiten – zu horrenden Pensionspreisen!

Absent – steht auf der Liste, neben dem Namen.

SADE – absent.

Es hat den Rest deines Vermögens gekostet:
das Wörtchen «absent». Von vornherein hingeschrieben.

Les absents ont toujours tort.

Kein Märtyrer!

Kein Held!

Kein Triumph – für die Tugend!

Du hast ihnen das Ereignis gestohlen – ein
hübsches Ende – die fetteste Wade der Haupt-

stadt humpelt die Holzstufen hinauf, im Flakkern des Thymians –

Sade guillotiniert!

Sade brûlé!

Der Name Sade ist getilgt!

Sade – Kopf und Körper getrennt!

Sade – ein Opfer des menschenfreundlichen Arztes Dr. Guillotin.

Sade – ein Opfer des Terrors. Sade: das Opfer seiner eigenen Phantasie. Sade: von der Wirklichkeit eingeholt. Sade: ein Opfer seines Atheismus. Der Überzeugungstäter Sade. Sade: Held der Freiheit, Held der Freigeistigkeit, Held der Libertinage – ton éloge, etc.

Sade – von der Tugend liquidiert, diesem höheren Wesen.

Genießt du's – am offenen Fenster?

Durch Bestechung entkommen – und der Unbestechliche liegt schon angerichtet für das letzte Gericht, genußfertig, mit gepuderter Perücke und zerschossenem Kiefer auf dem Tisch des Wohlfahrtsausschusses und kann nicht mehr predigen, nur noch schreien.

Es ist die letzte Wagenladung der Tugend!

Zählst du? am offenen Fenster stehend? nichts als ein Schatten.

Das Rasseln – zwei Sekunden lang – Aufschlag.

Anderthalb Minuten lang Stille.

Das Rasseln. Der Aufschlag.

Einundzwanzigmal.

Hältst du den Atem an? L'homme pétrifié?
Bleibt es denn still? Eine endlose, endlose Stille –
Schüttelt es dich?
Eine Krise?
Es trifft die andern! Immer die andern! Und du ... genießt du's? Entkommen ... als einziger ...

Mir entkommst du nicht!
Du nicht!

... so daß es dich schüttelt, während du abermals deiner eigenen Hinrichtung beiwohnst, wie oft noch, während du deine eigene Hinrichtung rekonstruierst ...

... ein Gespräch über die Urpflanze? Denn es ist Hochsommer. Juli. 1794. Nach einer Sitzung der Naturforschenden Gesellschaft. Der Beginn einer großen Freundschaft, der größten Dichterfreundschaft jener Zeit. Geburt des deutschen Klassizismus. Es ist in die Annalen eingegangen: Er zeichnet die Urpflanze für Schiller ...
Jenseits des Waldes.

Nur Auge noch, dort. In der dunklen Kammer – abgesperrt, weggesperrt, denn der Tag ist konfus – mit der gläsernen Kugel. Mit Wasser gefüllt. Unter den Tisch gestellt, damit das

Licht natürlich einfällt, durch die verstellbare Öffnung im Laden. Bei Nacht durch eine Kerze beleuchtet. Ein künstlicher Regentropfen. Ein monströser Tropfen ... in dem sich das künstliche Sonnenbild spiegelt – ein Bild! keine Strahlen! keine Teilchen! – das künstliche Nebensonnenbild – es ist immer ein Bild! keine Teilchen! keine Strahlen! nichts als Bilder – was sich da alles spiegelt, in dem monströsen Tropfen! ... ein künstlicher Regenbogen. Die Rekonstruktion – keine Dekonstruktion! – des Regenbogens, mit Hilfe der gläsernen Kugel, in der das Sonnenbild hängt, denn am Regenbogen hängt's, das Sonnenbild und das Nebensonnenbild, an der Glaskugel hängt es, das Auge, bei Tag und bei Nacht, in der verdunkelten Kammer, mit der verstellbaren Öffnung im Laden, der verstellbaren Kerze, die Glaskugel umkreisend, den monströsen Tropfen –

Schnitt!

Fahrt – mit der verstellbaren Optik, der verstellbaren Blende, der verstellbaren Schärfe – auf den Leichenkarren. Original. Vier sehr kleine, breite Metallräder. Die hölzernen Karrenwände nach außen hin schräg. Ein dämmriger Vorraum. Ein Keller. Wie eine Waschküche. Mit dem dicken Schlauch an der Wand, aufgerollt. Dem vergitterten Förderkorb nach oben, für das Brennmaterial.

Hochöfen. Stillgelegt.
Kein Geräusch, keine Bewegung.
Waschbecken, so klinisch sauber ... als würden sie täglich gereinigt ... von wem?
Kein Mensch da!
Nur Gegenstände. Der Karren, der Schlauch, der Förderkorb, die Waschbecken.
Du weißt, was du siehst?
Die Feuerstelle. Die Fettecke. Der Hut.
Zwei kleine Lichtkreise auf dem Betonboden.
Wo kommen die Sonnenbilder denn her?
Keine Löcher in der Decke, keine Löcher in der hölzernen Tür, keine Öffnungen in der Betonwand – ich kann keine Öffnungen finden!

Das Kreuz sich verrenken?

Schrumpfköpfe. Kunstvoll präpariert. Als würden sie mit geschlossenen Äuglein fast lächeln. Ausgestellt auf Regalen, wie im Museum für Völkerkunde.
Bizarr.
Als hätte da jemand mit ethnologischem Wissen – wer? du? – eine vergessene, archaische Technik wiederbelebt ... eine Technik im Umgang mit Tod. Köpfen, konservieren, schrumpfen. An langen Winterabenden in der Wachstube, im Schein der Lampe, allein mit dem Kopf. Physiognomische Studien. Die Gesichtszüge verändern, bis zur Unkenntlichkeit, bis

zum Schema, das Gesicht verzerren, zur Maske.
Mit der Gesichtsmaske spielen. Du kannst mit
dem Kopf da machen, was du willst! ein Geschenk des Machthabers. Ein Geschenk der Geschichte. Ein Geschenk der Natur. Ein Geschenk. Keine Reliquie. Spielzeug. Ein Stück
Ton. Ein Stück Lehm. Ein Stück Dreck...

Schnitt!

Ein Lichtbild. Fast überbelichtet. Im Gegenlicht, vom Barackenfenster her, ein Häftling.
Ungefähr sechzehn, oder schon siebzehn. Den
Arm über die Rückenlehne des Stuhles gelegt.
Die Jacke aufgeknöpft, denn es ist warm. Ein
mageres Bürschchen, kahlgeschoren, aber
nicht ausgezehrt, noch nicht. Wie ein Rekonvaleszent, nach einer langen und schweren
Krankheit. Und er lächelt, ein wenig zur Seite
hin, ein wenig nach oben, ein wenig kokett – wie
sie halt lächeln, die Bürschchen – für einen
Unbekannten, Unsichtbaren –
Dir steht ja der Schwanz!
Und mich würgt.

...oder Tätowierungen sammeln. Im Schein
der behaglichen Lampe sorgfältig präpariert.
Gegerbt. Wie Schmetterlinge aufgespießt, hinter Glas.
Ein Häutchen. Ein Leuchtturm. Matrose gewesen.

Genickschuß. Auf der Flucht erschossen. Im Stacheldraht hängend – und der Wald kommt nicht, der Wald kommt nie – die Stacheln im Fleisch. Abgeknallt, im Steinbruch, gegen Abschußprämie. Weggespritzt, nach dem medizinischen Versuch. Phosphatverbrennungen. Verbrannt bis auf die Knochen, bis auf das Häutchen. Gestorben am Fleckfieber, eingeimpft von den Ärzten. Verhungert, verdurstet. Verendet am Pfahl. Am Galgen gehenkt – nein: stranguliert, denn hier wird der Schemel *nicht* weggezogen. Zusammengebrochen unter den Brocken. Beim Singen liegengeblieben. Luft in die Venen injiziert, um eine Embolie zu inszenieren. Oder totgeschlagen.

Matrose gewesen.

Ein Häutchen. Grau, trüb. Aufgespannt, aufgespießt.

Ein verzerrter Leuchtturm.

Auf Pergament.

Da! – nichts anderes hast du gesucht.

Sorgfältig zeigen! – das Bild inszenieren. Ausgehend vom Detail, nicht von der Totale.

Grobgezimmertes Holz, unlackiert, spleißig. Dem Gestell entlangfahren, den drei Verstrebungen, den vier eckigen Beinen, über die Oberfläche streichen, wegen der sinnlichen Empfindung, die von rohem, grob verarbeitetem Holz ausgeht. Vernagelt, nicht verleimt. Die rostigen, krummen Köpfe der Nägel –

Rostig? Kein Original – leider. Eine Nachbildung – es steht auf dem Schildchen.

Ein konkaver Rost, schräg abfallend – verstellbar? – der Doppelpflock, zum Fixieren der Füße – damit das Gesäß, fixiert im richtigen Winkel, in die Luft ragt.

Dir ausgeliefert – nackt.

Du hast den Vollstreckungsbefehl in der Hand. Die Strafverfügung. Maschinegeschrieben, in den kleinen Typen der Sparschrift; wakkelig; eine alte Maschine. Fünfundzwanzig auf Gesäß und Rücken. Versehen mit Stempel und Unterschrift. Der Grund, das Vergehen, kann dir egal sein. Geht dich nichts an! Der Befehl ist eindeutig. Und es ist Straftag. An Befehlsverweigerung ist nicht zu denken. Denn –

Genickschuß? Du?! Hängen? Stranguliert, langsam, vor versammeltem Lager, auf dem Appellplatz – du?! Am Pfahl? du, abkommandiert in den Steinbruch?! In die Unterdruckkammer gesperrt, zum medizinischen Versuch. An der Eisenstange, mit allen vieren aufgehängt, und langsam verbrüht, du –

Nein!

Du bist aufgestiegen in der Hierarchie der Nummern, durch schamlose Unterwerfung, das fällt dir nicht schwer hier. Nein. Du willst nicht in den Steinbruch, in die Grube, zum Urgestein. Du willst dich retten. Dein Leben. Das einzige, das du hast. Und – mit einem letzten Rest noch möglicher Lust. Schamlos aufgestiegen, sage ich, ohne Ekel – stoisch – bis ganz oben. Durch Handlangerdienste, Spitzeldienste, Verrat, Gefälligkeiten, Sklaventreiberei im Steinbruch, mit der improvisierten Geißel aus Kabeln, bis die Brocken, der Karren – ja, ich weiß: du unterschreibst keine Todesurteile – das wird auch nicht von dir verlangt, so weit aufsteigen kannst du gar nicht – denn sonst wärst du nicht hier. Aber du trägst jetzt die schwarze Uniform. Selber geschneidert, aus Fetzen. Handgenäht. Bizarr. Mit bunten Stoffrestchen als Rangabzeichen, auf dem dominierenden schwarzen Grund, so daß sie das rosafarbene Dreieck ein wenig neutralisieren, schier unsichtbar machen. Anilinrot zuoberst! – dann braun. Gelb. Purpur. Marineblau: alle Farben der Plusseite und der Minusseite, links und rechts auf der Brust, wie Orden für geleistete Dienste – Geheimzeichen – phantasievoll kombiniert, derart bunt, daß die Bedeutungen sich aufheben? Nein! – bloß Präferenzen, in feinster Abstufung, ein Code der Nuancen, nur für Kenner zu lesen. Du hast dich immer gerne verkleidet. Verstellt. Verleugnet, verraten – du Hund! Der ideale Kapo.

Du hältst die Peitsche in der Hand, für den Kameraden ... oder lieber den Rohrstock?

Ein Rohrstock? wo ist hier ein Rohrstock?

Schau dort – im Wachzimmer des Arrestbaus, des sogenannten Bunkers –

Dort! unübersehbar! Aus dem Metallzylinder, an einem schlichten Ledergurt an der Stuhllehne aufgehängt, ragen drei Stöcke; griffbereit.

Ausgebleicht, vorne ganz flach, ausgefranst vom Gebrauch ... oder präpariert? eine Nachbildung? um diesen abschreckenden Schrecken zu erzeugen, womöglich in pädagogischer Absicht ...

Rohrstöcke?!

Elastisch? geschmeidig? gut gewässert vor Gebrauch, damit sie weh tun, schön ziehen, schön brennen, schön pfitzen ...

Nein. Prügelstöcke sind das, zwei Finger breit, zwei Finger dick, kurz, vergleichsweise, unelastisch: um die Knochen zu brechen, die Nieren zu quetschen, das Gesicht zu zerschlagen, den Schädel zu spalten.

Nein. Davon steht nichts in deinem Befehl.

Du brauchst nicht zu töten. Du mußt nicht. Es ist deine allerletzte Präferenz. Den Totenkopf, als Zeichen, trägst du hier nicht – du brauchst nicht – nicht nötig.

Und – ob totschlagen oder erziehen, ob Prügelstock, Rohrstock oder Peitsche; ob Reitgerte, Zuchtrute oder Ochsenziemer; ob Geißel oder Liktorenbündel, ob neunschwänzige Katze oder Kälberstrick, ob Gürtel oder Zweiglein, ob vom dunkeln Haselnußstrauch gebrochen oder der hellrindigen Birke, ob in Essig gelagert oder gewässert – ob, sage ich, in dem Material da die Seele eines altmodischen Pädagogen haust oder die gemeine Monas des staatlichen Henkers, der pädagogische Eros oder die Idee der professionellen Generalprävention, der Geist eines Lustmörders oder das Gespenst des mönchischen Flagellanten, die mächtige Intention eines erfahrenen Masochisten oder die gebildete Menschenseele eines dominanten Anal-Sadisten – ob Anilinrot oder Altrosa – ob rechts oder links getragen – das macht doch einen gewaltigen Unterschied!

Kenner können die Handschrift erkennen – als Palimpsest noch – diese Graphologen der Flagellation; die Grammatiker der Prügelstrafe; die Semiotiker der pädagogischen Flächen; die Semantiker der Entzündung, diese Chromatiker der organischen Kehrseiten – und du bist doch ein Kenner, seit je!

Du machst mich geil – du! Liebhaber der Kehrseiten. Kehr-Seiten beschreiben – Kehr-Seiten beschriften!

Die Kehrseite von allem.

Du erinnerst dich doch – von fern – jene marmorne Säule – der Pfahl – im flackernden Schein des Zeitalters der Lichter – beim samstäglichen Fest.

Feste feiern, wie sie fallen.

Nur die Auswahl des geeigneten Instrumentes ist wichtig; die Wahl der angemessenen Behandlung; denn die Strafe soll doch verhältnismäßig sein, die verordnete Unlustempfindung relativ zum Alter und Körperbau des Delinquenten, der Empfindlichkeit entsprechend, dieser Empfindsamkeit – die Empfindsamkeit bestrafen! Wichtig ist also die genaue Berechnung des Maßes an Schmerz, sage ich, während unser Patient schon, festgeschnallt für die Operation, bereitgestellt für den Eingriff (in seine körperliche Integrität) auf die Exekution wartet, diese Vollstreckung – warten lassen! in Furcht und Zittern. Mit der Krankheit zum Tod.

Diese Vor-Lust!
Ja – was liegt denn da vor?
Dein Befund?
Ein mageres Bürschchen.
Es klingt angenehm doppelt.
Matrose gewesen?
Nach Anteilnahme klingt es. Für menschliche Verhältnisse und Umstände.
Ein Häutchen. Befühl es! Noch ist was dran. Wie bei sehr leptosomen, zu rasch gewachsenen Jünglingen – du erinnerst dich doch? Mit geschlossenen Augen. Von sehr fern. Aus einer besseren Zeit. Die Gesäßbacken kaum mehr als eine Verlängerung sehr langer Schenkel, handtellergroß, zwei Halbmonde, mit diesem Glanz auf der Oberfläche –
Der letzte Glanz, der noch bleibt.
Zinnoberglanz, sagst du? Anilinrot? Ja, wo kommt denn der Glanz plötzlich her – als wüßten wir's nicht! – dieser zart rötliche Schimmer ohne Vergleich –

Einfärben das Häutchen – bis es schimmert und glänzt!

Und es ist keine Freiwilligkeit da. Keine Simulation. Keine Grenze wird respektiert –

Bis dieser Glanz der Farberscheinung, ins Purpurne gesteigert, über das Häutchen rotiert... an diesem Strohhalm, dem Stöckchen, denn es ist ein Stöckchen, was du gewählt hast aus ästhetischen Gründen, du mußt ja nicht töten – den Glanz nicht zerstören! – bis das Häutchen da und dort platzt. Das macht nichts. Denn *Blut* ist ein ganz besonderes *Rot*... und schon bist du... Maler? Cineast? Fürst? Feudalherr? Herr über Leben und Leib... denn das lebt noch! und wie das lebt... wie das schreit! ...wie das tanzt! ...das tanzt dir entgegen... das glüht dir entgegen... das ist doch jetzt heiß ... das ist doch warm innen, da kannst du hinein, unter die Haut, und schon bist du drin.

Da drinnen!

Im Arrestbau.

Dein bevorzugter Ort: die intimen Kabinette am Rande der Bühne; eins neben dem andern; für die letzten Geheimnisse.

Allein mit dem Tod.

Erwischt und ertappt!

Unterwirf dich! Sofort. Bettelnd und winselnd. Vor dem Tod auf den Knien.

Leck die Stiefel des Todes. Leck dem Tod den Speichel vom Mund, du Sau! – sag es gleich selber:

Ich Sau!
Verrate dich, noch vor dem ersten Hieb ins Gesicht – vergiß dich! – verrate alle und alles, noch vor dem ersten Tritt in die Hoden. Leiste dem Tod einen Liebesdienst, mit dienstfertiger Zunge, mit lobpreisenden Lippen – lobe den Tod! – auf den Knien! – im gestreiften Kleid, damit der Tod keinen Anstoß nimmt an deinem Leib – mit dem Zeichen auf der rachitischen Brust, dem verrückten rosafarbenen Dreieck, dem Stigma über dem Herzen, dem unvollständig gezogenen Pentagramm der Pein, wie immer, seit je, denn die Hölle hat ihre Gesetze.

Da kommst du nicht mehr raus.

... so küsse den versauten Betonboden vor den Stiefelspitzen des Todes, kriechend, wisch den versauten Betonboden mit deiner versauten Zunge, du Arschlecker! Sag es selber:

Ich Arschlecker!

Sag es noch einmal!

Ich...

... ein kläglicher Ton ... sag:

Ich! Ich...

... wimmernd, ein jämmerlicher Ton ... noch einmal:

Ich!

Ich verdreh dir den Arm, gib her!, ich renk dir das Schultergelenk aus, gib den Schlüssel her! den Zellenschlüssel! Ich ... presse deinen nackten Körper gegen den glühenden Heiz-

körper, der nur dazu da ist, daß ich dich nackt daran fesseln kann, in dem intimen Kabinett.
Hörst du?!
Ein sublimer Ton ... fast schon vergessen ... eine leise, unaufhörliche Klage ... ein kläglicher Ton ... manchmal abschwellend, manchmal anschwellend ... ganz nah jetzt: über dir jetzt.

Ein metallischer Gegenstand – spitz, zackig – vor schnell ziehenden Wolken: den Wolkenhaifischen – auf dem Dach des Arrestbaus.
Ein Resonanzkörper.
Ein Vibrationsphänomen.

Ein qualvoller Ton – ein quälender Ton – ein mehrstimmiger Ton – ein verschwiegener Ton – die sprachlose Klage all derer mit abgeschnittenen Händen und Zehen, all der Skalpierten, Entmannten, Ausgepeitschten, Hautschicht um Hautschicht, bis auf die Nervenstränge, die Lymphbahnen, die Klage der Gehäuteten, Geschundenen, Geblendeten und Zerrissenen, der Zerstückelten und von Vulkanausbrüchen Verschütteten, lebendig Begrabenen, Zugenähten, von Spirochäten Zerfressenen, von Retroviren Vergifteten – kein Schrei, kein Gebrüll und kein Weinen, kein Wimmern – ein singender Ton – ein sublimer Ton – ein kläglicher Ton – die Klage der verleumdeten, verleugneten Seelen – die übrig sind! die übrigbleiben! – nachdem du Hautschicht um Hautschicht, Muskelschicht um Muskelschicht, Nervenstrang um Strang, bis auf die Knochen, skelettiert und verbrannt – die Klage der sezierten Seelen – ein unkörperlicher Ton – eine unmenschliche Stimme, schwindsüchtig, windsüchtig ... ein windsüchtiger Ton ...

Schwingungen! Akustik! Physik!

Du entkommst nicht!
 ... und du weißt es. In deinem Käfig, verdunkelt von der Sichtblende vorm vergitterten Fenster, in deinem eigenen Dreck, nackt, verschnürt, damit du dich nicht aufhängen kannst, während du auf den Tod wartest –
 Sehne dich nach dem Tod!
 Küsse den Prügelstock! – der dich blaufleckig schlägt, schwarzfleckig, braunfleckig, violettfleckig, bevor er dich erschlägt.
 Küsse den Tod!

Dieser Ton – anschwellend und abschwellend – unaufhörlich – von außen – von oben – über dir. Du bist nackt, es ist kalt. Dein Leib ist verschnürt. Der Heizkörper ist abgestellt, denn es ist Winter. Der Heizkörper ist aufgedreht, denn es ist Sommer. Die Seile schneiden dir ins Fleisch. Deine verrenkten Gelenke quälen. Deine Haut tut dir weh. Die Kälte. Die Hitze. Der Ton – als wäre es Absicht. Als wolle der

Wind dich quälen. Als wäre der Blitzableiter absichtlich so installiert, daß der Wind sich darin verfängt. Als wäre der Blitzableiter erfunden, um dich zu quälen. Als suche der Blitz dich, um dich lebendigen Leibes zu garen – und kann nicht! kann dich nicht finden! kann dich nicht treffen! kann nicht! Als hätte der Wind sich mit deinen Schmerzempfindungen verschworen, deinen Empfindungen, deinen Trieben, deinen Wünschen – den falschen! – mit deiner Natur, gegen dich! – denn du bist kein Held. Die falsche Natur. Die Natur gegen dich. Die falsche Geburt. Diese schreckliche Herkunft! Die feindliche Zeit. Der tödliche Raum. – Wahnsinn –

Eine Maschine?
　Abstellen! Abstellen!
　Ein Filz! – auf den Zacken?

Der Wald schluckt das Geräusch – jedes Geräusch.
　Ein Bannwald.
　Ein Schattengehölz – denn es dämmert.
　Und jenseits des Waldes, unter verblauendem Himmel –

Eine Glaskugel also?

Schaffen Sie sich also augenblicklich eine hohle Glaskugel, etwa fünf Zoll im Durchmesser, mehr oder weniger, wie sie Schuster und Schneider überall brauchen, um das Lampenlicht auf den Punkt ihrer Arbeit zu konzentrieren, füllen solche mit Wasser durch das Hälschen und verschließen sie mit dem Stöpsel, stellen sie auf ein festes Gestelle gegen das verschlossene Fenster, treten alsdann mit dem Rücken gegen das Fenster gekehrt ein wenig zur Seite, um das in der Rückseite der Kugel sich präsentierende umgekehrte, verkleinerte Fensterbild zu schauen, fixieren solches und bewegen sich ganz wenig nach Ihrer rechten Hand zu, wo Sie denn sehen, daß die Glastafeln zwischen den Fensterleisten sich verengen und zuletzt, von den dunklen Kreuzen völlig zusammengedrängt, mit einer schon vorher bemerkbaren Farbenerscheinung verschwinden, und zwar ganz am äußersten Rande, die rote Farbe glänzend zuletzt. Diese Kugel entfernen Sie nicht aus Ihrer Gegenwart, sondern betrachten sie hin- und hergehend beim hellsten Sonnenschein, noch haben Sie nämlich ein wenig Abendsonne dort, abends bei Licht; immer finden Sie, daß ein gebrochenes Bild an der einen Seite der Kugel sich abspiegelt und so, nach innen gefärbt, sich, wie Sie Ihr Auge nach dem Rande zu bewegen, verengt und bei nicht ganz deutlichen mittleren Farben entschieden rot verschwindet. Es ist also ein Bild und immer ein Bild, welches bewegt werden muß; die Sonne ist hier weiter nichts als ein Bild. Von Strahlen ist nicht die Rede!

Nein! – von einer Maschine. Einem Filz. Einem Metallzacken. Hören Sie? Ich habe die Maschine gesehen. Dort, überm Gehölz, auf der Rodung, unterm verblauenden Himmel, ein dunkles Gehäuse. Da ist einer der Unsrigen drin! Nackt und gebunden. Die Zacken im Fleisch. Den Filz zwischen den Zähnen. Ein unglücklicher Mensch. Umständehalber hineingeraten. Ein Mißgeschick. Auf dem falschen Weg. Denn Sie waren nicht da – ja, wo waren Sie denn?! Hören Sie nicht? Sind Sie noch nicht zu Ende gekommen?

Nein – denn Sie haben noch abzuleiten, woher es denn komme, daß dem lebhaften gelb und gelbroten Verschwinden noch andere, zwar schwächere, aber doch deutliche Farbenerscheinungen vorangehen. Diese nun werden durch zwei kleine Sonnenbilder verursacht, welche auf dem gedachten gelben und gelbroten Kreise wie zwei Nebensonnen aufstehen, und je nachdem das Auge seine Stellung verändert, die ihrigen gleichfalls verändern, wobei sie sich doch jederzeit auf dem Diameter des gedachten Kreises hin und her wiegen. Woher diese beiden Sonnenbilder ihren Ursprung nehmen – ist doch nicht *Ihre* Pflicht auszulegen! genug! – genug, sie begleiten konstant die Erscheinung, und die Ableitung derselben sei den Meßkünstlern empfohlen ... überlassen? die Erscheinung den Meßkünstlern überlassen?

wollen Sie nicht? ... nein! nur die Ableitung, denn zu der Erscheinung haben Sie folgendes zu bemerken: Diese zwei Sonnenbilder werden gleichfalls durch Refraktion verrückt. Aber ein jedes nicht gegen sein eigenes Zentrum, sondern gegen das Zentrum des Hauptsonnenbildes! Diese gelbe und gelbrote Peripherie, auf der sie stehen, nimmt sie mit und nötigt sie, sich dem Hauptzentro zu nähern. Sie wissen, daß ein rundes, helles Bild, wenn es durch Refraktion in sich selbst verengt wird, mit einem gelben und gelbroten Rand erscheint, weil die dunkle Grenze dem hellen Bilde folgt. Nun beobachten Sie aber bei dem Diskus des auf der hohlen inneren Fläche zusammengezogenen Sonnenbildes den sonderbaren Umstand, daß er nur halbhell erscheint – weil es ein reflektiertes Licht ist, das Ihnen durch die Masse der Kugel entgegenkommt und also wie eine graue Fläche angesehen werden kann. Denn die Macht des Lichtes geht ja zur Glaskugel hinten hinaus! – und vereinigt sich bald hinter der Kugel in einem Punkte, um dort kräftig und entschieden zu brennen! Nur ein minderer Teil kehrt hingegen aus der Kugel zu Ihrem Auge zurück. Und so werden Sie einer gedämpften Scheibe gewahr, gegen die sich sowohl ihre eigene Peripherie als die Peripherien der mit ihr verbundenen Nebensonnen bewegen. Diese kleinen Sonnen sind nun wieder helle leuchtende Bilder –

Sie! – da sind keine Bilder, da ist keine Sonne mehr, so kann von Nebensonnen die Rede nicht sein! Da ist kein Licht, das Sie sieht! So sind Sie nicht da? Ich kann Sie nicht sehen! Können Sie mich hören? Ich bin im Gehölz. Ins Schattengehölz entkommen, rechtzeitig, zu den mutmaßlich wilden Tieren, doch ich fürchte mich nicht, denn ich bin entleibt. Aber die Maschine ... ich kenne die Maschine! und ich kenne den Mann! Ein widerwärtiger Mensch, durch eigene Schuld in die Maschine geraten, schuldig, ausweglos schuldig, aber einer der Unsrigen. Und die Maschine ... Sie! Hören Sie! Sie können doch nicht, als wären Sie Moses, am Tag nach der Sintflut, im hellgelben Licht als blasse Erscheinung schwebend, über dunklem Abgrund, womöglich die Genesis neu schreiben! Schreiben?! Ein Bild! Nichts als ein Bild! Sie wissen es doch! Sie wandeln pausenlos im Reiche der Bilder! Nichts als Bilder in der gläsernen Kugel! Da ist doch kein Regenbogen! Kann gar keiner sein. Es ist stockfinster im Wald, und das Gehäuse ... Sie! im Dunkeln wächst das Gehäuse ... und im Innern da sind Räder, aufs feinste verzahnt, eins treibt das andere vorwärts – und unser Mann liegt auf dem Bauch, gefesselt, die Arme ausgebreitet, als wolle er fliegen! – aber festgeschnallt, in der Maschine, an den Gelenken der Hand. Schaum vor dem Mund. Aufgequollene Lippen überm Filz. Geknebelt. Er kann sich die Zunge nicht

abbeißen! Er kann nicht! Nicht einmal dies! –
denn: da ist Schmerz! Ohnmächtige Wut! Denn
– unser Mann ist gepfählt! Mit einem ledernen Ding. Und über die Oberfläche der Haut
huschen die Zähne, ein Schauer, ein ohnmäch-
tiger Kitzel, ein Kratzen, ein Stechen von Nadeln, metallenen Federn, und die Tinte ist ät-
zend. Und – es ist ihm kein Arzt ins Bett gelegt!
Nicht einmal dies. Nicht einmal ein Arzt. Unser
Mann ist allein, mit dem ohnmächtigen
Schmerz, der Wut unter der Decke des Schädels, der Schrift in der Haut – unter der Haut –
und offenen Auges! Er wollte doch nicht! Er
wollte doch nur heim! Doch sein Schloß ist zerstört. Ich habe es gesehen – Nichts als gezackte
Ruinen. Ein geborstener Zahn, der das Blau des
Himmels zerreißt – Im Inneren hohl. Ausge-
räumt. Geplündert. Zerfallen. Sequestriert und
zwangsweise verkauft. An Emigration nicht zu
denken – und dennoch auf der Liste der Emi-
granten geblieben ... Ja, und wo waren Sie da?
Gerade seekrank? In der Horizontalen? Bei
Weißbrot und Rotwein? Abgeschlossen von der
äußeren Welt? Der Toteninsel entkommen?
Knapp entkommen – aber entkommen, wie immer? Im Orangenbaum waren Sie?! Bei den
Urmüttern?! Am Rande des Kraters, kaltblütig
im Hagel aus Urgestein, auf den Knien am
Rande des Bombentrichters, kaltblütig, sage
ich, die Spektralfarben der Fische studierend,
im Regenwasser des Trichters. Wie kamen da

Fische hinein, in den Trichter, woher denn? Sie!... hören Sie mich?... ich habe nichts gegen Fische. Im historischen Augenblick. Nur gegen die Urmütter, im Innern. Und... apropos historischer Augenblick... Sie! Hören Sie! Sie haben doch, höheren Orts, dem Tod, diesem Imperator, beim Frühstücken zugeschaut! Nicht mit ihm gefrühstückt, das behaupte ich nicht, nein, in schicklicher Distanz – bedacht auf Schicklichkeit, bedacht auf Distanz – dem Tode zugehört! Und mir wollen Sie nicht?! Mit dem Kaiser gesprochen haben Sie! Und der allmächtige Herrscher, der Tod, ist sogar aufgestanden, Ihretwegen, auf erhöhten Absätzen, der Schicklichkeit halber, und hat Ihrethalber alle allenfalls neugierig lauschenden Ohren durch ein geschicktes Manöver ausgetrickst – so daß Sie doch, bei diesem Levé de l'Empereur, diesem Sonnenaufgang mit Getös, von ihm, dem Tod, gewissermaßen in Privataudienz empfangen worden sind – und so könnten sie denn nicht, bitteschön, aus Ihrer Camera Obscura – über die Glaskugel hinweg! – bei dem Imperator, der unsern Mann in den Zähnen hält, ein gutes Wort einlegen? Eine Fürbitte beim Tod?... Nein? Sie wollen nicht? Angst? Sie sind doch ein Mann!... Sie wollen nicht höheren Orts gehen? Nicht in den Lift? der nach oben saust? Nicht einmal begleitet, womöglich von Ihrem Ariel? Das Ereignis zieht Sie nicht an? Zu dem Unbeschreiblichen wollen Sie nicht – zu dem Tod! Ja, wer will das schon. Sie haben

Angst! Vor dem lebhaften Verschwinden? dem Verrücken der Bilder? der Kugel? dem Regenbogen?, dieser schädlichen Erscheinung? vor den Sonnenstrahlen? Sie haben Angst vor den Strahlen! den Teilchen! dem gespaltenen Licht! dem gebündelten Licht! dem gebrochenen Licht! dem Laser...

So hören Sie doch! ... meine Stimme im Schattengehölz schwindet ... windsüchtig ... eine schwindsüchtige Stimme, körperlos, im Geäst, im Geäder, im Gefieder des Flimmer-Epithels, und das schwindet – und an Stelle des Flimmer-Epithels wüchse der Seele Gefieder? Wo denken Sie hin! So hören Sie doch! Schon klinken die Räder aus – und da sind Greifer – Schaufeln – Baggerschaufeln mit Zähnen – urgeschichtliche Unterkieferknochen – Walzen, Raupen und Düsen – dort! überm Schattengehölz! – und Sie...

Sie ahnen es nicht?!

Sie haben doch aber und abermals behauptet, daß bloß von Bildern die Rede sei, die durch Brechung von der Stelle gerückt werden! Um sich hiervon nun noch mehr zu überzeugen, haben Sie Ihre Öffnung im Fensterladen mit einem zarten, in Mandelöl getränkten Seidenpapier bedeckt. Dieses mag alsdann durch die Sonne oder auch nur durch das Tageslicht erleuchtet sein – nachts haben Sie eine Laterne davorgehängt – immer ist dieses Bild leuchtend genug, so daß Sie in der dunklen Kammer den

Versuch wiederholen können! Ja, mehr noch! Sie haben eine Vorrichtung eines ganzen transparenten Papierladens gemacht! Und auf die Mitte desselben haben Sie eine dunkle Scheibe befestigt; so können Sie jetzt mit diesem dunklen Bilde ebensogut wie vorher mit dem hellen operieren; wobei nun die Farben der Zeit nach umgekehrt erscheinen: die violette und blaue zuerst, die gelbe und gelbrote zuletzt; so daß Sie sich jetzt, in Ihrer dunklen Kammer, sagen können:

Wäre die ganze mittägige Hälfte des Himmels ein einziger glänzender und blendender Schein, und es stünde eine schwarze Scheibe an der Stelle der Sie jetzt erleuchtenden Sonne und es regnete sodann im Norden, so sähen Sie jetzt einen doppelten Regenbogen, aber mit gerade umgekehrten Farben wie die jetzigen.

Und ich sehe nichts! geblendet. Von Scheinwerfern. Gebündelte Strahlen, gerichtet ins Schattengehölz, polarisiertes Licht, beschleunigte Teilchen, die durchs Gehölz huschen.
Und du bist da drin!
Und du spürst nichts vom Niederwalzen des Stacheldrahtzauns? Nichts von dem Kippen jenes heroischen Denkmals, das splittert, als wär's nicht aus Erz, sondern aus Holz? Nichts von den Erschütterungen beim wahllosen Fällen der Bäume! dieser hundert- und zweihundertjährigen. Langsam gewachsen. Spiralförmig

gewunden. Die links und rechts von deinem Panzer aus dem doppelt gebündelten Strahl deines elektronischen Auges, das dich lenkt und beschleunigt, in den Nachtschatten kippen. Denn – du bist hydraulisch abgefedert. Von der Schwerkraft in der Horizontalen gehalten. Du liegst still. Offenen Auges! Schaum vor dem Mund! gepfählt. Du vermagst nichts gegen den Wahnsinn dieser Talfahrt. Du spürst nur den Schmerz. Die Schrift. Dieses Sticheln und Kratzen, das Stechen der eisernen Federn, diesen spitzigen Zähnen der heiligen Schrift, den ätzenden Schmerz von dem einen, tausendmal wiederholten Satz – unterwirf dich! Kein anderer Satz, nein, denn die Maschine ist programmiert. Von der Natur programmiert. Nichts Menschliches mehr! Alles fremd. Nachtschatten ringsum. Gebrochenes Licht, polarisiertes Licht, gebündeltes Licht. Elementarteilchen. Gepfählt. Schäumend. Verbissen im Filz spürst du diesen Pfahl im Fleisch! Es ist Leder, das spürst du, doch was steckt in dem Etui? Ein Rosenholz nur? Nichts als ein Hölzchen?!

Sie! – sehen Sie dort, vom Hang her, den Suchstrahl, im mitternächtlichen Himmel? Ein irrlichternder Strahl. Noch irrt das höchst energische Urlicht –

Doch wir können das Ziel wählen.
    Wir sind so präzise geworden.

Herrentoilette oder Damentoilette?
Vordereingang – oder Hintertür?
Gartenhaus oder Frauenplan?

Wo sind Sie?

Du weißt, es nützt nichts, daß du beschrieben bist! Sinnlos beschrieben! über und über! verziert! Hautschicht um Schicht! – und noch immer kritzelt und kratzt es, im Nacken jetzt plötzlich – im Nacken die Schrift! als gälte es ... Haare zu lassen? den Kopf zu verlieren? ein kühlender Lufthauch? ... du weißt, was in dem Behältnis steckt? In deinem Leib steckt's! in deinen Eingeweiden! Der Sprengkörper! Wenn der ins Ziel geht! Siehst du das Ziel? Schaum vor dem Mund?

Es ist auf der Rückseite. Das letzte erleuchtete Fenster. Ebenerdig, unter dem schützenden Dach. Mit Seidenpapier bespannt, davor die Lampe.

Das Auge fixiert in der Glaskugel den Punkt. Gelb? Rot?

Gelbrot oder Rotgelb?

Wie das reine Gelb sehr leicht in das Rotgelbe hinübergeht, so ist die Steigerung dieses letzten ins Gelbrote nicht aufzuhalten. Das angenehme heitre Gefühl, welches dem Auge das Rotgelbe noch gewährt, steigert sich bis zum unerträglich Gewaltsamen im hohen Gelbroten.

Der Punkt bohrt sich ins Auge – gelbrot – und verglüht.
Mit einem sublimen, gläsernen Ton.
Diesem KLICK – das dich zerreißt.

Nachbemerkung zum «Gefängnis der Wünsche»

Ich bin mit den historischen Fakten von Sades Lebensgeschichte im vorliegenden Roman frei und selektiv umgegangen; eine «Biographie romancée» zu schreiben, war nie meine Absicht. Für eine weitere Beschäftigung mit der Person und dem Werk des Marquis de Sade sowie mit den Zeitumständen, empfehle ich insbesondere die beiden neuesten Biographien, die sich bestens ergänzen:
— Jean-Jacques Pauvert, «Sade vivant», 3 Bände, Editions Robert Laffont, Paris 1986 bis 1990 (inzwischen auch in deutscher Übersetzung erschienen)
— Maurice Lever, «Donatien Alphonse François Marquis de Sade», Librairie Arthème Fayard, Paris 1991

Benützte Gesamtausgaben:
— Sade: «Œuvres complètes du Marquis de Sade», herausgegeben von Annie Le Brun und Jean-Jacques Pauvert, Société Nouvelle des Editions Pauvert, Paris 1986–1991
— Goethe: «Gedenkausgabe der Werke, Briefe und Gespräche, 28. August 1949», herausgegeben von Ernst Beutler, Artemis Verlag, Zürich 1953 (sowie Ergänzungsband «Tagebücher», herausgegeben von Peter Boerner, Artemis 1964)
— Sade in deutscher Übersetzung: «Justine

und Juliette», herausgegeben und übersetzt von Stefan Zweifel und Michael Pfister, Matthes & Seitz Verlag, München 1990ff.

Ferner benützte Literatur (Auswahl):
— Annie Le Brun, «Soudain un bloc d'abîme, Sade», J.J. Pauvert & Société Nouvelle des Editions Pauvert, Paris 1986
— Henri Fauville, «La Coste, Sade en Provence», Edisud, Aix-en-Provence 1984
— Enzo Cormann, «Sade, concert d'enfers», les Editions de Minuit, Paris 1989
— Maurice Lever, «Les bûchers de Sodome», Librairie Arthème Fayard, Paris 1985
— zur Franz. Revolution: Simon Schama, «Der zaudernde Citoyen», Kindler Verlag, München 1989
— Albrecht Schöne, «Goethes Farbentheologie», Verlag C. H. Beck, München 1987
— Pierre Julitte, «L'Arbre de Goethe», Presses de la Cité, Paris 1965
— Bruno Apitz, «Nackt unter Wölfen», Roman, Mitteldeutscher Verlag, Halle (Saale) 1958
— H. A. Salmony, «Johann Georg Hamanns Metakritische Philosophie», Evangelischer Verlag, Zollikon 1958

«SADEDAS» ist der Titel einer Kunstausstellung, die im Rahmen der Europäischen Kulturtage unter dem Thema der 200-Jahr-Feier der Franz. Revolution in Karlsruhe 1989 stattgefunden hat; dazu ist ein Katalog erschienen: SADEDAS, gestaltet von Pavel Schmitt, Anderland Verlagsgesellschaft, München 1989

Zur Panopticon- und Horizont-Thematik, Goethe betreffend:
– Stephan Oettermann, «Das Panorama – die Geschichte eines Massenmediums», Syndikat Verlag, Frankfurt a.M. 1980

Als rasche Orientierungshilfe zu den Biographien der beiden Hauptfiguren meines Romans sind die rororo-Bildmonographien über *Sade* (von Walter Lennig, rm 108) und über *Goethe* (von Peter Boerner, rm 100) hilfreich.

Ein persönliches Programm

Christoph Geiser
Das geheime Fieber
Roman

Ein Buch, das man immer wieder lesen kann: die Geschichte einer Obsession, das faszinierende Porträt des Malers Caravaggio, die Bewältigung des Grauens in der Kunst.

«Geisers Sprache ist wie das Licht in Caravaggios Bildern. Genial ist, was er so in ihnen sieht, kongenial jedoch, wie es dann wieder Sprache wird.»
(Süddeutsche Zeitung)

«Wir sollten Christoph Geiser lesen, nicht nur dem Namen nach kennen. Die Gewinner wären wir.»
(Die Zeit)